開著福音車
徽廟公

浮果｜著

目次 CONTENTS

一——轉來

禮拜六的社子早市，過了八點後人聲鼎沸，做生意的販商看見客人各個眼神發亮，其實也不怪他們，畢竟平常一到五生意難做，要是六、日再慘淡經營，準喝西北風，連填單子領失業補助都沒門。我也是其中一員，在市場轉角進來經營水果攤，每個月攤租四千，平均要賣幾十串香蕉才能攤掉成本。

做我們這一行的生意想要好，身上得有真功夫，會喊會叫還要會唬，每個生意人的嘴都不能信，越是強調自己老實人，裡頭的利潤越高。這些生意經，私底下攤販交流，客人得繳補習費，多買幾次才知凶險。

做生意的通常全家出動，假日都得站在攤前幫忙招呼生意，沒一個人能睡到自然醒，看我兒子蕭志平瞌睡點頭的模樣，保證能懂。他還算好命，不用跟著我進大市批貨，我每天凌晨兩點半起床，夏天還沒問題，可是一旦冬天尤其遇到寒流，說靠意志力支撐也不過分。

位在三重的果菜批發市場，四點開始拍賣，要是去晚了，就只剩下未熟的水果，想要熟成當日吃的，只能更早！大盤甚至三點半已經在外面，只待卡車進來，貨落地就喊價搜刮一空。

我的攤位小，一台推車寬一米長一米二，七種水果擺一擺差不多，超過這個量，賣不出去是自找麻煩。水果不能冰，冰過再退溫很快就壞，所以都是拚當日完售，過中午就算沒利潤也得賣。

賣久了，逐漸掌握這區居民的購物習性：東西不能貴，要讓他們有占便宜的感覺。消費者大多是二十年以上的厝邊，早就習慣跟固定攤販交關，偶爾逛過來就想討個便宜，對付這種叔伯姨嬸，就要推我家小平出去，通常叔伯姨嬸對小孩子都沒什麼抵抗力。

至於我，留著對付那些流動分子，例如新移民、或聽聞哪裡便宜就騎車到哪買的遊牧民族。這些人沒有忠誠度，價格要便宜，品質又要好，各個精打細算，做他們生意好像在玩文字遊戲，每一格都要填對。

我挑的水果保證都很「誠懇」，蘋果鮮甜清脆，橘子要皮薄汁多，西瓜得屁股拍下去通透響，至於桃子、李子這種不能捏的，一定要香到讓客人沒辦法拒絕才行。生意做得好還得有話術，怎麼也不會難倒我一個大學畢業生。

我今年三十三歲，七年前有小平這個兒子，那時已經有水果攤，背著他在市場做生意，簡直無往不利。

小平牙牙學語後，有樣學樣跟著我一起叫賣，客人被他那一口童言童語逗得呵呵大笑，我這邊也數錢數到指頭要抽筋。

小平的媽媽楊曉萍當初是為了生小孩而結婚，如今在國外獨力帶著女兒生活工作，平時很少連絡，我也沒機會安排小平跟妹妹見面。屢次想要解釋這段關係，但每次被小鬼問到愛不愛的問題，真的很難一句話帶過，結果話放在心裡越久越說不出口，只能一直擱著。

曉萍是會計系，我是外文系，文科與經濟的交集一切都是通識課程牽的紅線。那堂課叫性別平等與教育，是我上過最不性別平等的課，分組的時候一定要一男一女，每堂課都在模擬家庭及面對各種家事問題。

我保證，只要你上過那堂課，絕對不會想結婚，楊曉萍跟我就是其中之二，但我們有個共通點——喜歡小孩。那學期我們幾乎把時間都花在幻想有小孩以後的生活會如何，導致期末報告變成比文學更超現實的育兒報告。

大學畢業，楊曉萍到會計事務所工作，我開始接案翻譯，因緣際會，本業賣水果的房東年紀大退休不做，問我想不想接手。翻譯案源其實不穩定，但是講起做生意我也沒經驗，還好吃水果還算擅長，去圖書館借幾本書研究水果的特性，就這樣毅然投入攤販商行列。

我除了賣水果，還在攤販上搞些創意，經營粉絲團拉攏人氣。隔壁賣豬肉的成立散客群組叫大明朝，字號豬肉大王朱元璋。我走網紅路線，果C小爸走跳江湖，拍張水果沙龍照加句英語文學經典名句創造話題，偶而賣個娃萌，還提供宅配服務，貨源保證新鮮。

如果問我生意好不好，其實看我不用擔心水果賣不完就知道沒問題，為了新穎創意，水果上面的保護套特別訂製，印上手寫墨水筆字帖，看上去簡直是文藝青年病末期。不過我的客人多數是年輕人，他們買東西要附加價值，我創造給他們，供需有道。

早上時間過得很快，快到中午已經賣得差不多，只剩幾串葡萄待價而沽。小平吵著要玩遊戲機，我手剛伸進包裡，手機電話進來，一看顯示號碼就頭痛，接起來絕對不會有好事。

兒子看我遲遲不接電話問：「爸比，那個聲音好吵，你趕快接啦！」

我把手機鈴聲設定成北管，接起來都還沒講話，我爸劈頭便問我何時回家。

「今天不是初一也不是十五，回去幹麼？」

「王爺公叫你轉來！」

我爸講話口齒不清，只有王爺公三個字聽的清楚，我不耐煩地回應：「又說那些五四三，你聽得見神明說話，又不是我，祂有事情不找你反而找我，你這個宮主是怎麼做的？」

「叫你轉來就對啊，會記得悉阮孫仔，閣紮一寡菜轉來，厝內冰箱底吃甲空空矣。」

我爸講完就掛電話，他幾年前車禍傷到耳朵，從此聽力受損，聽什麼聲音都像空谷回音，跟他講話就像對牛彈琴，你講你的他聽他的，最後沒交集。

我家開宮廟，玉旨鯤鯓池巡府，池這個字是主神池府王爺的姓，有關於神明的傳說之後再說……賣得差不多，今日早點收攤，省得他奪命連環叩，把我的心情也攪壞。我通常初一、十五會回去一趟，大部分是幫忙打掃環境，不然信徒來廟裡看見到處堆滿雜物和垃圾，還以為宮廟倒閉。

「走吧，回去看阿公。」

「你不是不回去？」小平抬起頭，我聽見遊戲機傳來瑪利歐從火山掉下去燒焦尖叫的音效。

「我有得選嗎？」

人生沒得選，再選一次可能也是一樣的決定，就跟我媽當年決定離開我爸，在哥哥與我之間做選擇。她很早以前就知道牽手不可靠，長痛不如短痛，一人一個，好壞自己擔。

我是被丟下的那個，所以我得自立自強才能在我爸這種連自己都顧不好的大人監護下平安長大，或許神明幫了不少忙也說不定。

我從小在這種有缺角的家庭長大，才會誕生出更荒謬的家庭關係。在我家，除了人以外，還有神，《與神同行》的電影還沒一撇前，我已經與神同舟共濟。

二

選擇

開門便是酸臭味，按蕭明基的習慣，一定將垃圾藏在大門後方，果不出我所料，一、二、三、四，每包垃圾袋都撐到極限，連蒼蠅都毫無縫隙可鑽，幸好天氣還不是很炎熱，否則氣味竄入樓梯間，又得挨樓上大伯的罵。

池巡府位於大龍峒哈密街，老街區別的沒有廟最多，一年到頭都有廟會，最大規模的當屬保生文化祭和城隍夜巡，其他零星遶境遊街更是數不勝數。

大廟有，小廟多，私人神壇更是沒完沒了，抬頭望過去，都可能隨時多出一戶紅燈籠：ＸＸ壇、〇〇宮，差在有沒有玉旨兩字。可不論有或沒有，時間到就會啟動市場淘汰機制，沒人拜就倒店，開宮廟跟開餐廳一樣，都要川流不息才混得下去。

鯤鯓池巡府開宮三十幾年有餘，如果說小平是聞著水果香長大，那我就是整天在香煙中被嗆到鼻子過敏也無法逃脫的宿命。還好長大後，已不構成困擾，還迷上蒐集線香的閑人雅好，各種味道如數家珍，甚至定期同好聚會品香論調。

池巡府的主神是池府王爺，五府千歲李池吳朱范的池夢彪，排行老二。唐朝名將，用兵如神，深受唐太宗器重，傳說因為巧遇瘟神，知道對方奉玉帝旨意前來散播疫病。池王爺憐憫子民，趁著瘟神不注意將藥粉吞下，代受天罰。成神之際，一臉黝黑顯現，因此傳世為黑面形象，顯現不怒而威的姿態。

爸媽離婚時我才剛滿三歲，雙方在池府王爺的見證下和平分手，若非神明介入，以蕭明基做事拖沓的個性，不可能痛快結束。

據我爸喝醉時單方面表示，他死都不想離，可詹金珠心意已決，離婚協議書寫好放在桌上，只差決定小孩跟誰就要拖著行李箱離開。兩方爭執不下，最後請神明作主，三個聖杯，他只能無奈接受。

我哥當時小一，七歲，而我還是三歲幼嬰，什麼都需要人照顧，連尿布都還沒戒掉。

兩個大人都要我哥，沒人想要我這個還不懂事的娃兒，但既然池府王爺主持離婚大事，當然連小孩分配都得管。祂親自降駕，指名我留下，這個決定給了我一個動盪的年少時光，光是現在站在這裡看著神明廳一片混亂，足以讓我再恨祂一次。

後來我爸欠債跑路，池府王爺理所當然成了我的監護人，經常假乩身雞胗叔的嘴開堂審判，壞事不論大小，從浪費便當不珍惜米飯到流連電動間放學沒直接回家，祂都一事不漏，甚至派出乾爹三太子就近監視，成了真正的「舉頭三尺有神明」。

「你轉來矣！」

我爸穿著白色吊嘎和短褲，抓著背走出來，連句謝也沒有就把手上的菜都拿去，交代我恢復宮中整潔。從小到大皆如此，結果我不只是宮廟打掃生，在學期間也連任好幾年的清潔股長。

「給我慢著，上上禮拜剛來打掃過，為何又亂成這個模樣？」

說亂也不太對，我擺好的東西都沒動過，只是地上多出很多封住金紙的紅色塑膠套，加上垃圾袋滿了沒換，東西自然往旁邊和地上溢出。

「我無閒啊！」我爸七十歲，本來是卡車司機退休，如今賦閒在家，卻還常把忙這個字放嘴邊。

「無閒啥物？信眾又不多，看天公爐剩下來的香腳，我都知道來幾個人！」

「你就毋知，彼个老歲仔規工佇我耳空邊踅踅念，我聽甲遮艱苦。」

我爸講的老歲仔指的就是池府王爺，他自稱從小聽得見神明講話，聽到現在已經當成無線廣播，想聽才聽，不想聽自動閉上耳朵。蕭家三代遺傳，我長大後漸漸毫無感應，成了麻瓜，而從小平有時對著空氣講話這點，應該八九不離十，身為父親的我不知是該高興還是煩惱。

「小平來，綴阿公入來，我切水果給你吃，打掃這種事情交給你爸。」

我爸就是這麼厚顏無恥，一輩子都在惹事，即使到老退休都不忘給兒子找活幹，難怪阿嬤被他氣得兩腳一蹬揚長而去，大概眼不見為淨，死了還比活著更輕鬆。

有我爸這種弟弟，大伯也不輕鬆，年輕時時常要接濟弟弟一家，幸好樓上樓下只隔一層樓，叫我上去吃飯也方便。

嘆口氣，看見這麼髒亂的環境，其實就算我爸沒開口，我也不會放過，何況這裡是從小長大的家，眼裡哪忍受得了一點髒汙。

捲起袖子認命幹活，將垃圾全部清掉，地上掃過再拖，拖過再掃，桌上供奉神明的水果，爛掉的丟進廚餘桶，還能吃的放進冰箱保存。

忙得昏頭之際，聽見垃圾車聲，趕緊放下擰到一半的抹布，衝下一樓倒垃圾，還得分兩趟才能運送完畢。

擦完桌子和金爐後，換掉故障的日光燈管，最後將帶來的水果擺上，葡萄等會拜完就洗掉吃，至於蘋果、橘子能放較久，擺在桌上也好看。順手再換掉花瓶裡面的水仙與百合，改插菊花和向日葵。

我一大清早兩點半起床做生意，這時本該午睡補眠，都怪蕭明基不好，才得拖著一身疲憊。即使如此，手持三炷清香，站在王爺公前祝禱，將香插進香爐，再點上兩盞小紅燭，池巡府終於有點宮廟該有的樣子。

「按呢袂穤。」我爸穿著拖鞋出來，好像長官似的檢查是否已經打掃完畢。

「要不是賣王爺公一個面子，我才不想理你。」

「叫你回來又不是我的意思，是祂的意思。」

「這邊打掃得差不多，房間、後廳和廁所，你自己處理。」

「遐的我家己會曉用，你莫像查某人佇遐踅踅念，佮詹金珠一模一樣。」

「沒事要回去了，眼皮重得要死。」

「等咧，王爺公真正有代誌。」

「什麼事？」

我爸說一連好幾個禮拜，王爺公都在耳邊念叨，要我務必回來一趟，還說事情不能再拖，等雞胗叔有空就開壇，要我今晚再過來一趟。

擔任王爺乩身的雞胗叔，白天是水泥工，建案一多每天都忙得不見人影，想當年他跟我爸兩人整天飲酒作樂，我媽就是看不慣他們要吃不討生活的爛泥作息，才會決然地離婚跳往下一艘船。

「到底什麼事？」

「有事弟子服其勞囉！」我爸講話的模樣，只有親生父子才能忍受！

「那我晚上再來。」

「準時八點開壇，知影無？」

「知啦，我來的時候你要是敢把東西弄亂，看我會不會翻臉！」

「對啦對啦，恁囝當咧睏，敢愛我去甲叫？」

我想了一會，決定把小平丟在這裡，反正他有遊戲機就沒老爸，而且多點時間跟老一輩相處也是好事，畢竟過一天少一天。

我爸搔搔肚子走回後面，這個時間他準開始研究六合彩，看能不能覷破天機。我很想勸他別白費心機，池府王爺不會保佑這種事，可現在沒空做這種多此一舉的事，還是把握時間趕快回家吧。

從池巡府到租屋處的直線距離是一公里，中途必須經過三個紅綠燈。當初在租屋網上找到這間房子，每個月租金一萬九含水電，位置在環河北路上，入夜以後安靜，過路的車多數呼嘯而過，加上屋齡不到兩年，住起來相當舒適。

地點好，加上房屋條件不錯，出現在租屋網站上，馬上成為熱門選項。我看房時閒聊幾句，才知道原來房東就住在隔壁的老宅，親眼看著這棟大樓從打地基到完工，確認沒有偷工減料才決定買下。房東說原本打算讓兒子當新婚房，可大同區給年輕人的印象不夠時髦，據說媳婦死都不願意從繁榮的信義區搬家。

房東兩老已經住慣原來的磚瓦厝，但房子放著終究不好，每個月又有貸款要繳，索性租人，拿租金繳房貸更划算。

房東賣水果賣到能在臺北市買兩間房子，我就是看中這點，才會把攤位頂下來。市場做生意，地點好最重要，我偷偷觀察，晴雨都跑，發現水果攤的位置算得上是精華中的精華。

方圓五十公尺沒有其他同性質攤販，攤位靠近馬路口，開車的人不方便進市場，隨便路邊停喊幾樣就帶上車，後邊又有遮雨棚，陽光大的時候也能部分遮蔽，好過什麼都沒有。

房東是個老實人，帶我去登記攤販資料、繳錢，順便介紹給市場互助會的幹部認識，繞一圈下來也把當中的利害關係都說清楚。

我接手以後，市場互助會的老幹部拉我進去當見習生，體力活不用講，生意競爭也得做宣傳，不然全聯、美聯社一間間開，傳統市場都快招架不住。還有，社子每年都有元宵炸土地公的風俗，市場這邊也得有錢出錢有力出力，畢竟福德正神是大家長，沒有祂金元財寶的守護，要如何賺錢發大財。

我拖著一身疲憊，開門，走進客廳，矮桌上還擺著兩台消防車模型，準是小平早上出門沒收進抽屜，回頭再罵他。看見沙發，二話不說地躺下，讓我先睡一會，整整十二小時沒有闔眼休息，天旋地轉，睜眼就見滿天金條，再這樣下去，怕是連明天的太陽也見不到。

一睡不知多久，只覺得外頭天色不似方才明亮，睡夢中聽見牆上的鐘敲響，四下還是五下，覺得空氣有點冷。

通常收攤回家，睡一覺到晚上七點左右，小平已經吃完晚飯，坐在書桌前讀書寫字，什麼都不用我操心，其實這些全都多虧我有個家庭小精靈。

剛想到他，人就出現，我們交往快三年，這陣子動了結婚念頭，我表現得興致勃勃，他倒是潑一盆冷水，說時候未到。頭一次約會，我帶著小平一起赴約，以為對方會被嚇跑，想不到那頓飯不僅吃得愉快，加上對方有個妹妹，他或許是當兄長當慣了，從小就很會照顧人，看我帶著小孩也一點都不計較。

交往三個月後，對方搬進來同居，戀人住在一起當然不可能沒有爭執，只是我個性大而化之，什麼事都先講再後悔，不比同居人凡事都瞻前顧後，我覺得這般謹慎的個性，或許跟他從事神職有很大關聯。

我的同居人同樣是服務神的，真不知道我上輩子是燒了多少好香，這輩子才會跟神有剪不斷理還亂的關係。

「誰准你在這邊睡的，等下又著涼了。」

同居人抽來一件毛毯，往我身上蓋，我抓住他的手，趁勢將人抱進懷裡，他的黑檀木十字架項鍊在胸前搖晃，梗在我倆之間，像是耶穌在說保持距離，神無所不在。

沒錯，我的同居人是牧師，在士林一間主張神無所不愛對同志也一樣祝福的教會服務。他克紹箕裘，父親是正宗長老教會出身，為了兒子的性向，不讓教會為難，主動脫離後成立聚會所，讓需要主的信眾有個更自由更開放的地方禱告。

我把手伸向陳亦輝的胸膛，這陣子沒碰他的身體，肌肉又多長厚一寸。

「小平呢？」

「在我爸那。」

「難怪你這麼主動。」

「今天怎麼這麼早回來？」

「有種感覺叫你應該在家吧便回來了。」

不知是不是聖經已經讀到滾瓜爛熟的緣故，容易跟上帝相互感應，還是物以類聚，靈異體質互相吸引，亦輝的第六感只能用恐怖兩字形容，各種心電感應的神蹟層出不窮，要是出門前他隨口提醒一句小心開車，那天肯定會出交通意外，該我說是好的不靈壞的靈。

我們在小平面前都努力自重，盡量做到自然，不過小孩比大人想像的還聰明，他念幼稚園大班時就回家問過我一個爸爸一個媽媽的問題，那時我自己心虛，隨便打個馬虎眼糊弄。

可小孩的十萬個為什麼，堪比學術研究，既然一個爸爸一個媽媽的命題無法問到答案，他很自然就學會進階的問話辦法——旁敲側擊。

我挨不住他的攻勢，無法交代媽媽去向，結果是亦輝解救我，從圖書館借回來好幾本書，從小孩如何從胚胎到母體外誕生，再到一個家庭的組成，鉅細靡遺，還能說得讓小平安靜聆聽。

這樣不夠，小平看到別的小朋友爸媽接送，偶爾還是會使性子。原本單身還沒事，亦輝出現後紙根本包不住火，要解釋同志關係到讓他懂，已經超過我的溝通範疇。

小平天生就比別的小孩敏感，加上雙子座現在就要得到答案的天性，鬧起脾氣來相當執拗。好在我有一位通情達理的枕邊人，平常已經習慣布道講理，且成長歷程相似，對他的感受能從同理心出發與理解。

只是不論我們對他多好，母親終究是母親，不是誰可以替代的，關於這點，留給小平長大慢慢體會和消化吧。

「幹麼？」我看著亦輝，手繞過腰搭在背上。

「你才幹麼！」

亦輝回應我的暗示，上次親密接觸已經一個月前，也是趁著小平跟著其他同學去露營才有機會兩人獨處。

完事以後，亦輝讓我休息，他先去洗個澡再做飯，我最喜歡看他在廚房忙進忙出，手藝是自小訓練出來的。陳叔叔擔任牧師工作相當忙碌，負責許多文書工作，又要規畫活動，照顧妹妹的責任落在亦輝頭上，打小就得洗菜煮飯。

亦輝母親罹癌去世得早，不少信徒都勸老陳牧師再娶，就算不為自己，也為小孩著想，可亦輝打死反對別的女人進到家中。在他認知裡，一生只有一個母親，誰都不能取代。小時候的這點偏執，長大後他自己承認，完全是怕別的女人對自己太好而忘記母親的模樣。

總之，陳叔叔單親扶養小孩長大，亦輝也靠著獎學金順利升學。他念化學系畢業，原本要進入藥廠，卻在企業面試通過後毅然放棄職缺，轉而去念神學院，最後成為跟他父親一樣的牧師。

我問過他：「成為牧師的感覺如何？」

亦輝手托著臉，他沉思的模樣就像古希臘石膏像，眼睛有種靈魂出竅感：「沒什麼不同的，太陽照常升起。」

太陽照常升起，不論你是牧師，還是同志，或是單親爸爸，日子都還是照樣過。想這些都沒用，熬不住睏，我睡到亦輝煮好飯才醒。

三 指示

抵達已快九點，遲了近一小時，宮中香煙裊裊，淨香、線香加上金紙香，真把人熏得眼睛都睜不開。開宮廟要賺錢，除了靠香油錢，還得有方法。

方法一，大小法事辦不停，除了神明生日的場合，配合節氣和良辰吉日，舉辦法會酌收平安金，收到的錢用來請法師誦經，還有提供會後的平安餐，大家吃個圓桌菜，順便交流感情。

池巡府以前有固定的誦經團，師兄師姐年紀大，法會還得分上下半場做完，我爸幾年前拖欠出場費，現在想請，人家還不一定有空，我是能不碰就不碰，免得惹是非。

方法二，神明辦事，常見的有扶手轎、降乩身，厲害一點的通靈者可直接跟神明溝通，連扶乩都免了。

手轎搭配懂神明草書的桌頭，解讀錯誤，意思也會差十萬八千里，通常手轎兩人，桌頭一人，寫在香灰上再判意讀字。

乩身的話，前面的訓乩過程相當苦，不只要辟穀還得淨欲，降駕的時候等於是神明親自到場。聽雞胗叔說，那時身體不是自己的，比較像意識被關在ＶＩＰ室，等到戲演完了才能離開房間。

乩身可以分成生乩與熟乩，生乩是神明需要降駕時，直接找一個體質接近的信眾擔任。信眾沒有習練道法，只是臨時充任，故以生稱呼。而熟乩，當然就是帶天命，經過正統道法洗禮，除了請玉旨、地令外，主神還必須跟乩身的先賢長輩都談好才行。

乩身不是這麼好練的，更不是沒事在神明面前焚香靜坐就能附乩，我爸常調侃坊間的乩身都像吃了烹飪用的發粉，說發就發，虧說神明又不是整天沒事。可他說歸說，後來也放任信眾亂來，把整間宮廟搞得像乩身訓練所，惹得王爺公生氣發爐，才會成了現在信眾跑光、門可羅雀的模樣。

總之，雞胗叔是池巡府的專用乩身，今日一見發現他老了不少，臉上都是皺紋。從前年年進香，每到廟宇都要請神，尤其是到麻豆海埔祖廟時，特別需要操五寶表示敬意。現在他有年紀了，五寶很少操，最多是拿狼牙棒或鯊魚劍筆畫幾下，就當交差了事。

除我以外，旁邊木椅還坐著幾個老信眾，他們手上拿著金紙，已經問完事準備離開。我先找小平，看他蹲在主神桌下，偷偷玩虎爺公前的水碗，趕緊伸手制止。

「晚上你又不好睡，看要怎辦！」

「阿公說沒關係，而且是我幫忙把水換成乾淨的。」

我爸要我過去，說今天王爺公降駕有要事，已經等我一個小時，快要不耐煩發脾氣。我燒個香，嘴裡賠不是，心中拜託祂別隨便給任務，為了祂三不五時開金口，我小時候吃不少苦頭，直到大學離家念書住校，才免了這些無形要求。

雞胗叔今天是文乩，眼閉著，上半身沒穿衣服，腰上圍著龍虎裙，招手讓我過去。我有不好預感，可神明之意哪能違背，待人走到桌邊，馬上就是一頓聽不懂的話。話也不是真聽不懂，而是講得太快，男女神的講話方式不同，王爺公是男神，性子急，想到什麼講什麼。

我爸點頭如搗蒜，在金紙上用毛筆沾硃砂寫下幾個字，抬頭問：「王爺公問你啥物時陣結婚？」

「我結過啊，又離婚了，不然怎麼會有小平！」

王爺公又是一陣快語，我爸又解：「不是頂一个，今仔這个。」

我爸應該只當亦輝是我暗地裡兼二房東分攤租金的一個房客，至少我沒有大方出櫃，這事應該是祕密才對。

下一秒，王爺公奪走筆，親自寫個大大的男，這不用他解讀，我也懂，不過字面上的意思各自解讀，只求祂別再說了！

想。

「男字是啥貨？你敢是共人舞甲大肚腹，予小平加一个小弟出來矣？」還好，我爸這個天才往這方面

「哪有啦，一个我就飼袂活。」

我偷看小平，他一個眼睛睜大然後又露出疑惑的模樣，求他這個時候不要人小鬼大，擅自幫自己的老爸出櫃。

王爺公停了很久，我懂祂的意思，這是屬於我和祂之間的無用言語，祂這是在逼我，要不出櫃，要不後面一定有深意。

果然，祂開始講一堆，我爸不停點頭，中途停下來幾次，一直確認意思，直到死心為止。

「怎麼了？」我問。

「我敢有做甲這歹？要把遮收收去？」

旁邊幾個看好戲的信眾也問出什麼事，蕭明基碎嘴自己就剩這間宮廟，雖然經營不善，會員跑光，連友宮也都一間間沒了，可好歹早晚還有三炷清香和新鮮水果。可天不從人願，王爺公收到玉帝紅牌警告，池巡府沒有濟世的事實，限一個月內找到有心的接班人，否則就得退神，從此不得辦事。

「偉誠，這攏愛靠你矣！」我爸突然把矛頭指向我，好似克紹箕裘是理所當然。

「我？我不要，打死都不要繼承，你就收掉，把王爺公送走，我們彼此都自在。」

王爺公連續好幾個拳頭捶桌子，都忘了祂還沒退駕，我們父子的爭執真真是當面洗祂的臉，一點面子也不給。

「王爺公有沒有其他指示？既然要找接班人，應該有條件吧。」

王爺公洋洋灑灑寫了好幾點，讓我爸大聲念出來，可不知道這些條件是要當眾削他面子還是真的有強

調的必要：

1. 要有穩定收入，不能心懷僥倖貪偏財。

2. 男女不拘，必須通過祖廟主神的認定。

3. 絕對不能像蕭明基一樣顧到破產跑路。

講完，王爺公滿意地點頭，隨即退駕，我爸這個桌頭被搞得一鼻子灰，尤其是好不容易人人都忘記他跑路這件事，現在被舊事重提，弄得臉上無光。

他把那些信眾都支開，留我下來，說兩父子還有話得好好談。反正不論什麼事都跟我有關，可我是絕對不會繼承的，只有在宮廟長大的小孩才會深深明白活在這個時空別管三界外的事情有多幸福！

雞胗叔退駕，沒人扶他，差點軟腳跌倒，幸好我反應得快，單手將他拉住，他問我出什麼事，我真的很想回他，誰知道這算是什麼事啊，去問神吧……

老家總坪數快四十坪，老房子的關係，公設少，坪數幾乎是實打實，要是好好整理再重新裝潢，三代同堂也不算擁擠，例如樓上大伯住著一家五口仍然舒適。當初阿嬤一口氣買下一到三樓，一樓租人做公司收取租金，二樓我爸，三樓大伯，圖的就是大家住一起，彼此好有個照應。

我爸和大伯處不來，從前連幾個姑姑回娘家作客，光去哪裡吃飯都能吵架。仗著是家中老么，從小被阿嬤寵壞，高中汽修科肄業，跟人四處鬼混，當完兵回來跟著同梯做生意每回都虧錢，後來接觸宮廟陣頭，過著到處扛神轎跳宋江陣的遊藝生活，直到跟我媽結婚才定下來。

他們兩人在冰果室認識，二、三十年前流行木瓜牛奶約會，看對眼聊得來再去舞廳跳舞，爸媽也是其中一員。我媽有生意頭腦，跟著朋友在夜市擺攤賣飾品做小生意，朋友介紹認識我爸。

兩人看對眼就結婚，婚都結了才開始談生活如何過下去。我爸本業出陣頭，沒固定收入，口袋一空就跟家中伸手要錢。大伯看不下去，為此兩兄弟經常吵架，幸虧大伯母脾氣好，也不是愛搬弄是非的性子，才沒有鬧到老死不相往來。

蕭明基出陣頭久了，看別人開宮廟賺錢，乾脆跟著做。

說到他和池府王爺的結緣，小時候聽他說過，我爸本想請三太子哪吒當主神，都已經擇好日期去新營太子宮請香火，臨時有人託他幫忙保管池府王爺，稱是要出國一個月，怕沒人供香對家運和神明都不好。

我爸沒作他想，都是兄弟，忙能幫就幫便去接回來，誰知回來以後，池府王爺卻不肯上座，據說當時好幾個人要挪一尊小神像卻沒人移得動。幾經折騰，請了別的宮廟乩身過來，一問才知祂要坐正殿，連配祀神和龍虎邊都安排好。

騎虎難下，明明是客神，來了卻沒走的意思，我爸又連繫不到朋友，輾轉得知對方不是出國而是坐牢，只好再託家人探監時順便詢問，最後得到同意，乾脆留在池巡府。原先要請的三太子最後還是請了，只是在正殿前當開路先鋒，小時候我難養還拜祂當乾爹，現在常回去池巡府也是顧念舊情。

可說到繼承宮廟，我萬萬沒這個意思，白天有水果攤要顧，扣掉睡覺休息，剩下時間幾乎用在翻譯和照顧小平，且兒時最討厭的就是家裡時常有陌生人進出。一回以為是信徒沒留神，回頭整座裝香油錢的鐵箱被搬走。錢沒了當布施，可萬一進來的是有攻擊性的不良分子，那才事大。

而且我有潔癖，信徒衛生習慣不好，垃圾也不帶走，時不時路過上門借廁所，把池巡府當成公廁進出，過去住在老家，我都得掩住口鼻呼吸才不會覺得作噁。

如今信眾少是少了，可蕭明基本身習慣也差，把廚房、後廳和廁所等幾乎看得見的地方弄得像豬寮，我不忍心小平得待在這種環境，才會幫忙打掃，更別說客廳得推開衣服才能找出坐的地方。

小平累了一天，頭靠在皮沙發上打盹，我爸明明有痛風，還拚命將啤酒往嘴裡灌，大口暢飲來表達對剛才的不滿。王爺公不出手則矣，每回都如此重擊，別說他不開心，我也牽連受害。

「拄才有外人佇咧，我就無愛共你講。出彼啥物『男』字。連王爺公攏知影你同性戀，彼個叫啥物輝的，不准伊倚近阮孫仔！」

意料之外，我爸竟知道我是同志，且曉得亦輝和我是一對。既然如此，我也把話說清楚，省得以後還要費心解釋。

「對啦，我是同志，你知影嘛好，跟我住一起的是我另一半，人家叫陳亦輝，不是什麼輝的。」

「我管待伊叫啥，別悉壞我孫仔就好。」

「這你就毋捌，同性戀這種東西無法教，這是天生基因排列組合的問題，而且別把我兒子扯進來，他有自己的判斷能力。」

我們父子誰也不讓步，我早知道他食古不化，才會隱瞞性向，不想會被王爺公強迫出櫃，且原來早就不是祕密，只是雙方祕而不宣。

「爸，你跟阿公吵什麼？」小平被聲音吵醒，手揉著眼睛問。

「沒事，不是吵架，只是說話大聲點。」

「阿公，你又喝酒。」

小平是我爸的弱點，任何他開口的事沒有辦不成的，我們之間有這個金孫，才能一直相安無事。

「阿公心內艱苦。」

我爸跟孫子撒嬌，雞胗叔逕自去打開冰箱，拉開易開罐，坐下來陪他喝酒，眼神示意讓我趁機離開。

我牽著小平準備走，又被他叫住：「王爺交代的代誌，你愛會記得辦。」

「找宮主的事你自己處理。」

「我若是會使，王爺公就袂找你。」

我撒撒手，牽著兒子就跑，回到前廳，很想抓著王爺公的肩膀抱怨幾句，為什麼總是我得擔這種鳥事，從小到大都是，真希望當初我媽帶走的是我，而不是我哥。

可事無完美，跟著我媽當然衣食無虞，但若要像我哥事事遷就，一點個人意見都不能有，我也不願意。

「拜拜——」

「你跟誰說拜拜？」

「祂。」

小平用他肥短的手指著三太子，神明天真無邪地踩著風火輪，手持如意圈，前面的彈珠玩具都已經放到沒有光澤。

我心中暗問太子爺天上可有最新的馬力歐賽車可玩，有的話記得晚上跟我連線對戰一場也好發洩心中的怒氣，就跟小時候一樣，祂跑進夢中嬉鬧，害得我早上貪睡遲到，不只學校老師賞藤條，回家還得罰跪在王爺公前，萬一連坐我還得捧著祂一起遭殃。

四

親子

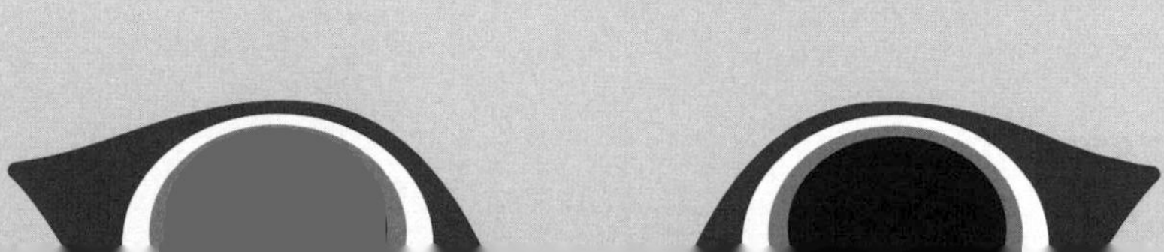

回到家，小平立刻衝去洗澡，他嫌身上都是線香和阿公的汗味，方才還一副討長輩喜歡的乖孫模樣，離開立刻變臉。要是誰說小孩不懂事，我只當他沒有實戰經驗，才會以為年紀小就是無知。相較下，大人有時才真的充滿偏見和想像。

亦輝看我回來時臉色不好，問發生什麼事。

他晚上習慣誦唱聖詩，有時自己，有時跟教眾，相比老陳牧師走精神喊話路線，亦輝喜歡透過聖詩或戲劇等藝術方式與教眾互動，他把這個稱為軟性傳教，主張教義應該是用來實踐和體現真善美，而不是當成口條卻在需要神愛世人時有分別心。

亦輝幫我泡杯蜂蜜水，幫自己也調一杯，近來晚上他常跟年輕教眾約在聚會所討論下回公益演出的活動內容，我們也很久沒坐下聊彼此生活。

我跟他認識於理髮廳，劍潭捷運站附近的三姊妹髮廊，臺北同志知名的朝聖地。我當時正跟阿姨溝通髮型，亦輝正好走進來，他的頭髮留到都蓋住瀏海，又戴著黑色粗框方型眼鏡，看起來就像老學究，不是我第一眼會喜歡的型。

他坐我旁邊，把整顆頭交給另一位阿姨打理，我們同時間開始剪，他的臉形偏方，在師傅巧手下弄成寸頭造型，兩旁推高，上頭剪短，頭髮退到額頭以上。五官沒有頭髮擋住後，頓時清爽不少，彷彿換了個人。

我也剛好剪完，跟他不同，我的頭型偏圓，師傅將它推到三分頭，短到沒有頭髮可以抓，不過這種長度整理起來方便，又幫我將額頭兩邊的角修成方狀，才不會顯得臉窄。

剪過頭髮的人都知道，剪完以後，師傅一定會拿個鏡子左右前後都讓你確認，我和亦輝就是這個時候透過彼此雙方的那面鏡子反射，正好對到眼。我一派悠閒地盯著他，他被我看得心裡發慌，但頭又被理髮師按住不能亂動，只能靠一張沒表情的臉回瞪。

我們兩人都對棒球很感興趣，亦輝大學時還是校隊外野手，進入神學院後才疏忽球技。約會時很常約在球場見，有次約會還穿著牧師的衣服直接到現場。

宗教從來就不是阻礙我們兩人在一起的原因，亦輝最大的優點是從來不向我傳教，牧師是他的身分與工作，但不是全部，除了聖誕節會邀我和小平去教會一起參加活動，其他時候都很少提起。

倒是我，經常跟他抱怨我爸還有池巡府的種種一切，他從小在耶穌基督的關懷下長大卻很愛逛廟。去年小平的暑假作業的題目是走訪街區，結果亦輝陪他花上兩個月時間把士林區的老街走完，將當地古蹟、廟宇和教堂製成一張文化地圖。

聽完今晚的事，又知道我跟我爸的對話，亦輝起身再去倒兩杯葡萄酒回來，說值得喝一杯。

「今晚莫名其妙出櫃，早知道便不去了。」

「你爸只說要我別教壞小平，沒有反對我們在一起。」

亦輝摟著我的肩膀，讓我打起精神。他這麼一提，我才發現這話有玄機，可我爸講話時常不經大腦，或許只是沒有想到這件事。

「他反不反對不重要，說明白也好，這樣結婚更順理成章。尋找宮主的事，你說怎麼辦？」

「道教民俗的事我不懂，如果有必要，不如去問專家。」

「不必了，我問的話這件事就更加扯不清，又不是不知道我的個性，事情一旦攤上，沒有解決也無法放心，倒不如一開始就別插手。」

亦輝笑著說事情有這麼簡單嗎？

他這是在調侃，他知道我的脾性，就算沒人交代，只要這件事放在心上，還是會任勞任怨地完成。蕭明基當我爸幾年了，再笨也知道兒子的脾氣，才會當面放話。

「不說這個，小平洗澡洗快半小時，一定又在裡面玩水，我進去看看。」

「嗯。」

我走去廁所敲門，小平在裡面不知道跟誰說話，還要對方趕快走，不然會被發現。我心裡毛毛的，又不能假裝沒事，大聲說爸比要進去了才開門。

開門看見他身上抹著肥皂，旁邊還有輛玩到一半的消防車。看磁磚水珠滑落的樣子，已經冷卻很久，連水都是溫的，窗戶上面有個小手印，問他在跟誰講話，小平沒作聲眼睛卻一直看著外頭。

我壯起膽來，走去將窗戶關上，眼睛也不敢亂飄，更不想身子背對，像隻螃蟹貼著牆壁移動，一邊要他快點。

「你這臭小子，明天要是感冒，一定把你揍到屁股腫起來！」

「老師說不能使用暴力，要用愛的教育。」

「那你老師有告訴你愛的教育的反面是什麼嗎？」

「什麼？」

「鐵的紀律。」

小平被我嚇得大聲慘叫，趕緊把身上的泡沫沖掉，用最快的速度拿毛巾擦乾身體後，穿上衣服，跑往他在這個家最堅強的後盾亦輝叔叔身邊討乖。

我嘆氣，想再多都沒用，時間也晚了，還是趕快把廁所收拾好先上床睡覺。好在明天是星期日，亦輝負責主持禮拜，我哥要來接小平去動物園，總算可以不被打擾，自己一人安靜地處理翻譯工作。

說起來，我跟我哥現在的連結就是小孩，他對蕭明基沒興趣，連近況如何都不想知道，自然我媽的影響力也功不可沒。我也相同，一點也不想知道詹女士的退休生活過得多繽紛燦爛，缺席的母親永遠都不可能被時間原諒，何況還是放我在水深火熱中度過童年。

蕭英宏準時八點出現，他跟我媽住北投，每次見面都嫌那邊硫磺味重，電器容易故障，可遲遲沒有搬出去的意思。房子是買的，臺北市的房價就算不眠不休不吃不喝，憑一個白領階級也要三十年才能買得起房子，雙薪家庭還有點機會，單親爸爸最好儘早打消念頭。

我哥長我四歲，今年四十一，兩年前離婚，太太是來臺念書的韓國人。他當時在師大分部擔任華語教學的講師，專門教外國人講中文，近水樓臺先得月，跟學生戀愛後結婚，說衝動也不為過。

婚後原本兩人講好搬出家獨立，可我媽不准，堅持要夫妻倆住在家中，因此產生嫌隙。雖沒有韓國小說《八十二年生的金智英》這麼可怕，但婆媳二人小至飲食習慣，大至金錢觀，都能點燃戰火。

我哥夾在兩個女人中間，最終倒向我媽，太太離婚後回韓國，將一歲多的小孩留在臺灣，幸好沒撫養權爭執，否則光是跨國打官司，又不知要歹戲拖棚多久。

我哥凡事以我媽為尊，從十歲起跟著她四處租屋，最遠住到淡水沙崙，雖然討厭蕭明基，對我還是有盡到哥哥的責任，念高中時經常約我在外頭見面。

至於我媽，雖然以為沒人知道，但常趁著我爸不在回來，有次放學下課，我在樓梯間聽見阿嬤講話的聲音，發現是她，我想也沒想就躲進停腳踏車的拐角，直到人離開後才出來。

或許是獨自一人照顧我哥的關係，當時她看起來比相片老很多，魚尾跑出細細的紋路。那天她跟阿嬤說很多話，還進去池巡府參拜王爺公。

我見到我媽就彆扭，每次見面都是偶然，好比大學畢業時，我哥前來觀禮，帶著她一起來。領完畢業證書後，蕭英宏笑著說要合照，結果她佯稱內急跑廁所，沒再回到典禮現場。

這麼多年，我哥一直試著緩和我和我媽間緊張的親子關係，合理化詹金珠表現出來的態度是愧疚，解釋當時的時空背景只能二選一，且單親媽媽面對的社會壓力更大，才會選擇已經念國小的他。

有件事我以為是主因之一，我跟我爸長得像，嘴唇、酒窩尤其是生氣時講話更像，我媽當初就是受不了那副嘴臉，她稱是輕佻、涼薄、自私，總之不是個好人，連帶把這分氣出在我身上。

加上，我們兄弟性格完全不同，或許是比起他被我媽照顧得無微不至，我爸採放牛吃草的態度養小孩，加上跑路不在家，雖然人有大伯神有王爺公監管，可更多時間得學著獨立自主，養出我不喜歡被人左右的個性，她越想干涉和彌補，反而把關係弄僵。

我和她這些年一直是相敬如賓，連在我哥的婚禮也保持距離，那是有記憶以來第一次同桌吃飯。婚宴上的話不多，我們中間隔著新郎新娘，詹金珠忙進忙出，逐桌招待，澈底展現她多年做生意的好手腕，唯獨對前夫和我刻意繞過，好像我們不存在似的。

雖然關係交惡，但小平還是有見阿嬤的權利，所以每逢週末，我哥拿各種名義邀小平和我出門同遊，我也都慷慨借兒。

我知道那都是我媽的主意，她想見孫子又不好意思開口，只好拿我哥為擋箭牌，巧立名目。今天的動物園約，本來上週就該實現，可正好遇到雨天，木柵又近山，雨勢會更明顯，才會改到這週。

小平希望我一起去，說有我在才會好玩，他年紀雖小，但已經懂得察言觀色，極力想當和事佬。這種事，對小孩來說還太早，我不配合他也沒轍，最多回來後聽他鉅細靡遺地形容有多好玩，說到我承諾下次一定去為止。

我從樓上看著小平上車，我哥往車裡面看一眼，我便知道還有人在車上。但與其出門應酬，受我媽的氣，不如待在家好好將下個月初要交的翻譯稿完成。手上目前正在翻譯的是諮商對話的書籍，作者從神學的角度出發，引用宗教發展闡述諮商的歷史和發展脈絡。這類的大眾心理學書籍，實在多不勝數，能寫好的都功力深厚。

編輯過年前給我，稿件一拖就是一個月，還好今天有空，我一口氣翻譯剩下的章節，再從頭校對，應該剛好一天時間。

亦輝回家也是中午以後的事，早上的禮拜課結束後，他接著主持自由參加的聖詩分享會，通常活動結束已經過下午一點，他跟老陳牧師用餐完才回家。我有充分的時間可用，只是做正事前還是得先消磨時間，注意力也比較集中。

快中午時，我哥傳來幾張小平坐遊園車開心比讚的照片，旁邊出現的衣角應該就是我媽，我故意調侃回他後面有閒雜人等入鏡，詹金珠跟以前一樣，還是盡量低調，連臉書也用寵物圖代替，堅持不露臉。

工作到一個段落，休息片刻，煮些麵吃當午餐，我邊考慮宮廟的事，以現在這種情況，關廟的效益更高，神明送回祖廟或是選個良辰吉日退神處理掉都不是問題。可其他不論，我從小認乾爹的三太子也會陷入無處可去的局面，打租房契約時，房東千叮嚀萬交代不能供奉神明祖先也不能養狗，舉凡會動到牆壁或原來擺設的行為通通禁止。

我知道這是苦差事，還不容易辦，決定用拖字訣拖到最後一刻。真的沒人，好歹得給三太子一個家，報答祂兒時陪我睡陪我吃飯，而且有祂在，我八字輕歸輕，從來沒被髒東西跟過，這可算是大恩情。

小平睡著後，我回客廳繼續工作。

白天他去動物園玩得太瘋，我還擔心晚上睡不著，想不到才八點就聽見他喊著眼皮重想睡覺，早早把人趕上床，明天還要上學，若休息不夠在課堂上打瞌睡，老師又要在聯絡簿上特別提醒。

目前班上二十六人，相較我讀小學時四十二人，明顯受到少子化的影響，人數橫生生少了三分之一。儘管如此，老師要做的事變多了，而且不能打、不能罵，還要隨時留心家庭狀況，特別是我這種單親家庭，容易受到學校的關心。

亦輝今晚回家陪父親，我自己一人逍遙自在。工作結束，小平也熟睡講夢話，我出去散步，順便買鹹酥雞當消夜。

環河北路入夜後相當安靜，可生活機能較差，往圓山或延三夜市的方向走才能找到吃食。

明天是禮拜一，大市休息，我也跟著放假，今晚稍微放縱也無所謂，或許再來罐啤酒。我往延平北路走，零星有幾家店開著，前面靠近民族西路口的碳烤雞排，想到就流口水，便決定是它了。

住在這區三十幾年，這些年市政府推動都市更新，不少老房子拆除，改建成新大樓，從高空俯瞰一片新舊混雜。其實不光是大同區，萬華也有這個現象，新舊人口拼在一起，最容易為了文化適應而起衝突。

萬華的青山王祭，年年因為鞭炮聲大作惹得附近居民抱怨和反映，讓環保局開單，如今這個年代，傳統文化比不上新科技吸引人，加上新住民對遶境的歷史背景不清楚，也沒有信仰圈的凝聚力，主辦方必須多下點工夫才能凝聚認同感。

大同區這裡廟同樣不少，白天多數人都出門工作上班，大多只有老人在家，廟會繞境什麼的，普遍被當成是消遣。

跟青山王祭性質相似的有城隍夜巡，如今城隍廟改成三年一次暗訪，遇到新冠疫情還取消兩百年的特別祭典，住在這邊的新住民怕是連看都沒看過。

城隍廟的暗訪相當講究，出巡前還先安五營，在境內的五間土地公廟先安軍馬，等於是設下結界，如此一來城隍爺出巡時才能毫無遺漏地將境內的邪祟一網打盡。

暗訪走的是舊街區，隊伍也簡單，一日朝法主宮廟舊雙連的方向繞境，一日往保安宮的方向移動，入夜以後不響炮也不敲鑼打鼓，反而更添一分肅靜。

其實說到底，還是要看廟方的態度，以及繞境真正的目的，自然地方作風也有差，看是要強調熱鬧還是文化傳承。

我從小看廟會，聽見鑼鼓聲就衝第一，家裡又是開宮廟，對這些事情早就習以為常。可縱使如此，還是很怕人群的目光藏著露骨的偏見。

好比往年池巡府選在農曆六月時回臺南祖廟參香，抵達臺北總要稍微繞境。我身為宮主的兒子，不可能不幫忙，遇到人手不夠，只好充當轎班，幫忙扛武轎。武轎有一定的步伐和節奏，靠著一肩施力，即使墊著毛巾，還是磨得皮膚起水泡發炎。

這些不打緊，我最怕路人圍觀——對我爸多少有點不好意思，可我希望自己別被當成是出陣頭的人，多少也是被社會價值觀綁架，認為碰陣頭的不是書不好好念，不然就是被幫派吸收。

其實我家宮廟這些來幫忙的叔伯，平時都有工作，只是衝著王爺公的面子，每年跟著一起回去參香順便幫忙，至於額外請來的鑼鼓陣和神將，他們都是專門出團的，甚至有些還靠這一行糊口。

電視上看見的幫派吸收中輟生跳家將，我雖不認識，可確實耳聞不少神壇背後都有黑道關係，但就像王爺公降駕時說的，敢打著救世的名義為非作歹，終究會付出代價，人神皆然。

「雞排好了喔！」

我被雞排店老闆一叫，突然回神，剛才看著柱上貼的封條，不覺間就天馬行空地亂想。電話響了，亦輝打來的，每次瞞著他吃消夜，總會被逮個正著。

「喂，你忙完了？」我問。

「幫我爸重新粉刷聚會所，脖子都快扭到。」

「幹麼不交給專業師傅，花點錢萬事解決。」

「粉刷而已，自己改就好。我爸還將裡面一間倉庫，改成單獨的禱告間，讓一些不想團聚的教眾也能有自己空間。」

「聽起來像告解室。」

「天主教才有告解室，基督教主張教眾能夠透過自我禱告被赦免，而不是經過神父，就像馬太福音說的：『你們祈求，就給你們；尋找，就尋見；叩門，就給你們開門。』」

這段話亦輝已經不知道提過幾次，強調真正的信仰應該從人心強大開始，神只是一面鏡子，通過禱告加強正念，道理就像持香拜拜，同樣都是把心願說出口，獲得自我支持與肯定。

亦輝問起我在哪，他聽見馬路車流聲，猜我不在家，而是人在外面，我只好一五一十地坦白。

「昨天的事，你想的如何？」

「昨天……喔，留給我爸去擔心。」

「我是怕王爺公會來硬的。」

「我家主神脾氣向來如此，不理祂就好。」

亦輝提醒我不能鐵齒，拿一年多前的花蓮旅行說教。當時我計畫帶著小平去花東玩幾天，出門前回池巡府上香，結果遇到發爐，趕緊問出什麼事。

王爺公指示那趟遠門不可去，可是車票民宿都已經訂好，加上小平即將上小學，以後平日出門旅行的機會只怕沒有，還是照原定計畫出發。

出發當日，我頭暈目眩，站都站不穩，亦輝擔心地開車送我送急診室，醫院也查不出原因，只能住院觀察，足足在醫院待了五天才好，正好是我們按照原定計畫旅行回來那日，山區發生落石坍崩意外，砸毀好幾輛車。

新聞出來後，頭暈症狀同時解除，我沒問過王爺公這是不是祂出的手，但總之心裡是這麼認為，萬一去了，回不來的可能就是我們。

王爺公不管則矣，一管就是下重手，從小到大都一樣。輕則讓人心神不寧，萬一這樣還不能阻止弟子做傻事，直接就是三災五病。對內如此，對外更不手軟，連當年債主上門討債，都直接暴力還擊，直接抓生乩當面對質，嚇得那些人下跪求饒，連大氣都不敢吭。

「這個時候說這種事幹麼？」

「只是覺得神明還是會讓你走上該走的路，之前不是還發生過，國中參加考試，堅持不拜魁星爺，結果表現失常，後來大學聯考才不敢鐵齒。」

「你行行好，別詛咒我。」

亦輝講得沒錯，當神明認真起來，比誰都執著，可我做人也有尊嚴，不能事事都聽祂們的。

五——聖杯

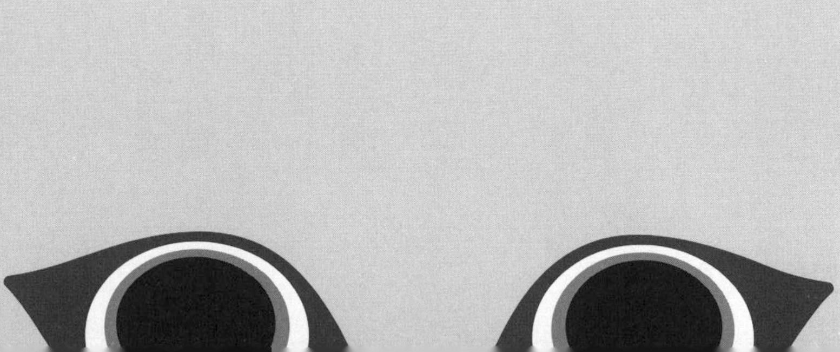

「阿誠，你是按怎？今天太早起床嗎？怎麼一直打呵欠！」

隔壁賣菜的阿如姐今年六十五了，還是每天來市場報到，兩個小孩一個當老師一個做汽車銷售，勸退休她都不肯，說是自己手上有錢好過打伸手牌。

「沒睡好，下午回去補眠。」我站起來叫喊幾聲，強打起精神。

十天了，天天做夢，白天做生意，回去又不好睡，翻來覆去，亦輝懷疑床鋪有問題，把床被、枕頭套都換新，仍然日日無好眠。不怪他，大概我的癥結點本來就不是空間環境，而是舉頭三尺有「神明」，算是被他說個正著，王爺公指定要我尋找宮主，我想推託也推不了。

扣掉小時候看殭屍電影作惡夢不算，我很少作夢，所以難得作次夢還會特別記錄。如此體質的我，作夢不講，閉眼就看見王爺公的聖容浮現眼前，連想自己打手槍解決性欲，神明也一秒都不離開，弄得我興致都沒了。

嘗試理性溝通，可這個代溝越通越大，非但沒有緩解，好像有催化效果，不只不能眼不見為淨，耳朵也鬧烘烘，吵得我神經衰弱。既然是神明騷擾，我只好求三太子解圍，但小孩得聽大人話，求了半天也沒用。

幾日下來，殘影越來越嚴重，耳邊甚至聽見嗡嗡聲響，將這事告訴我爸，他也沒其他辦法，催促我趕快答應。

可越是如此，我這頭越點不下去，總不能讓神明覺得脅迫有用，以後麻煩的事一樁接一樁，我就算不接也得認了。

友宮明聖殿，主神五年千歲，宮主小趙姐從小帶天命，同樣被趕鴨子上架，成為神明的乩身。結婚以後，先生不喜歡她碰宮廟的事，夫妻倆為此傷和氣，對方還曾經大鬧起乩現場，搞得神明退駕，鬧消失表達不滿，上演我家主神離家出走的戲碼。

去年，小趙姐為了小孩著想，想把宮廟收掉，結果五年千歲大發雷霆，鬧到需要附近大廟主神調解。所謂請神容易送神難，何況是神明欽點的乩身，都是打過契約兩造同意的合法關係，分手不只困難重重，即使有第三勢力斡旋也不一定成功。

最後，小趙姐跟五年千歲達成協議，每個月初一、十五開壇，其他時候不放信眾進屋，有點半家神的意味。

我能體會神明的感受，代天巡狩服務好好的，突然因為人心改變，一夕之間要失去住處，或許在我們看不見的天庭，一樣有績效排行，沒有比宮廟被抄或是倒閉更沮喪的事，類推想成失業的話，人都要跟公司爭該有的遣散費，甚至得打官司，神明也不例外。

我每日回去池巡府，好說歹說，王爺公都沒讓步的意思。

其實，我要是池府王爺，這個要求早就提出，萬不會拖到今日。我爸這個拿神明當幌子的宮主，說有多失敗，你都不會信。

全盛時期，每逢王爺公生日前後，總有吃不完的平安宴。友宮千里迢迢而來，我爸也不會臉紅，還是照跟人收餐錢。有來有往也罷，差勁的是他總去吃人家的免錢餐，自己卻一毛不拔。

久了，就連跟我爸最要好的武興宮宮主劉叔叔都選擇割袍斷義，我爸和他吵得不可開交，甚至連朋友都沒得做。

那時，我已經離家上大學，住在外頭不清楚現場情況，不過從小趙姐還有當日目睹的信眾嘴中還是能拼出客觀事實。

總之，我爸在武興宮平安宴上喝醉，不只口出狂言，拿神明互相比較，還說話諷刺劉叔叔不是轎班出身，竟敢成立職業隊出團。

兩人原本就因為我爸當時的女朋友彩霞而交惡，酒喝下去，兩方都口無遮攔，你一言我一語，最後擦出火花，大打出手，甚至還拉人站自己邊。

這麼一搞，當然對我爸不利，他平時就人緣差，酒品也不好，連出團回祖廟參香，都喝到腦袋斷片，毫無信用可言，等到他酒醒後悔已經來不及。

自那時起，劉叔叔就沒來過池巡府，但私底下對我相當關心，光顧過水果攤生意，逢年過節還託我從大市幫忙買整箱水果。我爸欠債跑路時，他也常噓寒問暖，加上當時沒結婚，算是把我當成自己的兒子看待。

我爸做人現實，這輩子都為了錢的事跟人過不去，跟我媽離婚後，交過好幾個女友，名聲最差的就是彩霞，兩人臭味相投，都喜歡占人便宜，從不請客，可說到吃免費又跑第一。

三年前，彩霞慫恿我爸拿房子貸款開卡拉ＯＫ店，好險被我知道，用做生意風險高擋下來。否則以他倆的聰明才智，再多的錢投進去都石沉大海。

我爸不是做生意的料，以前他在一樓亭仔跤擺鯊魚煙攤，既沒考慮客源也不積極招攬客人，最後當然慘賠。後來開卡車餬口，直到坐骨神經痛發作，不能久坐才迫不得已提出退休，回來守著廟。

總之，池巡府可說是從開廟到現在都風雨飄搖，但當初也是王爺公住下不肯走，今日卻又厚著臉皮要我幫忙，嫌事情不夠多嗎？

快要收攤時，收到亦輝的訊息，他接到蕭明基的電話，問今晚有沒有空。

我爸跟他上回見面，已經是兩年前住院開刀取出腎結石，我做生意沒空，拜託亦輝去醫院幫忙照顧。

「我爸找你幹麼？」我回電給亦輝，要他別去。

「不清楚，伯父什麼也沒說，只交代我務必出現。」

絕不是什麼好事，該不會想打迂迴牌，說動亦輝當說客吧，光想我便坐立難安。哎，閉上眼睛，王爺公的聖容浮現，一臉嚴肅的，這柿子不能挑軟的吃，做神也不能如此咄咄逼人啊！

「老闆，柿餅怎麼賣？」

「一盒一百二，日本空運來臺，包甜，口感又好。要幾盒？」

我也只能捨命陪君子，陪他一起回去，看我爸究竟打算弄什麼玄虛。

亦輝的年紀跟我相當，可我們兩人的個性南轅北轍。

我生性衝動，想到什麼話就脫口而出，我記得以前不是這樣，還知道要察言觀色，什麼話能說什麼話連向人傾訴都不要，長大後反而固執又自我，大概是因為壓得越低彈得越高，兒時太過壓抑，成人後才會變成這般模樣，該說是遲來的叛逆嗎？

說起來，我和亦輝成長背景相似，我是在宮廟長大的地頭蛇，他在教堂充當大哥哥。為了幫助清寒，老陳牧師成立課後輔導班，專門讓跟不上學校課業的弱勢家庭小孩參加。亦輝作為牧師兒子，理所當然地成為助教，小小年紀就幫忙照顧人，身邊還有個妹妹得隨時留心。

高中他選第二類組，喜歡化學公式的邏輯性，升高三那年，暑假自修準備考試之際，他才恍然意識到聖經裡面所言的創世紀，跟科學認定的基因螺旋體，其實都在講生命的起源，差別只在神話和多少證據的差別。他沒跟老陳牧師談過這件事，隱約知道信仰歸信仰，不需要特別戳破和挑戰傳統。

老陳牧師在四十歲時才有亦輝這個兒子，長期父代母職，近年身體大不如前，椎間盤突出，不能走太久的路，連從前喜歡的登山健行也斷然放棄。

當初從教眾口中得知兒子是同志，據亦輝所言，曾讓他心情憂鬱一陣子，後來在聖經中找到開解自己的答案，決心為跟他兒子同樣為同志又是基督徒的信徒，創造一個屬於他們可以感受神祝福的空間。

亦輝的個性跟他父親很像，即使理念不合，也能找到與對方相安無事的方法，正是這點，他們父子才能坦然相對。

原生家庭多少會影響一個人長大後的價值觀，我從小在風風火火的環境下長大，蕭明基做人不爭氣，還常找不同女人同居，分分合合，我都不知前後叫過多少人阿姨。有的以後母自居，有的跟我以姊弟相稱，不論如何，看見及感受到的家庭絕對跟其他人不同。

大學搬到外頭，大一住宿舍，大二起跟朋友在校外合租房子，當時還沒有約炮一說，比較流行是一夜情。當大家都還純情得連見面都偷偷摸摸時，我已經在街上牽手接吻。經過不得愛的兒少時光，等到自己能全權作主時，就像一頭野馬勒不住，直到在感情路上跌個重跤，才知反省和收斂。

畢業以後，我做了好幾年翻譯工作。

翻譯是個如果不出門，可以好幾天不見到人的獨立作業。最常見的人剩下編輯，再來就是負責的書稿。隨著經濟穩定，我搬離跟人共享衛浴設備的雅房，住進單人套房。就在這時，曉萍問我想不想有自己的小孩。

後來認識亦輝，中間磨合過一段時間，我開始學會遷就和體貼，良伴難尋，像他這樣個性好又能理性溝通的少之又少。光憑這點，我就會保護他到底，萬一我爸今晚出任何難題刁難，絕不會袖手旁觀。

亦輝忙完教會的事後先回家一趟，看見我還在睡，把晚餐煮好，盯著小平將飯吃完，才來叫我起床。

「你今天睡比較熟。」他手貼著我的額頭，臉貼得都能聞到身上的沐浴乳香味。

「吞了半顆安眠藥，終於好好睡一覺。」

我順勢地嘴唇接近，亦輝莞爾一笑，要我趕緊起床，吃完飯出門別讓我爸等太久。

今晚煮的青菜都是阿如姊賣剩下給我的，亦輝拿南瓜跟飯一起蒸熟吃，胡蘿蔔炒蛋，芹菜炒花枝，再煎一塊鮭魚。他的手藝是從小訓練，自然不錯，只是常捨不得放鹽巴，口味有點太清淡。

「你慢慢吃，別噎著。」

「等會，」我一邊把飯塞進嘴裡，提醒他：「看見我爸，不論他講什麼都別答應。」

亦輝答好，可我知道他的這個好，不一定有參考價值。他耳根子比我還軟，很容易就答應人，事後就算後悔或受點委屈，都自己摸摸鼻子認了，鮮少會表達不滿。

「偉誠。」

「嗯？」亦輝難得叫我的名字，通常都是有什麼正事要談，才會這麼叫。

「你拜的王爺公是個怎樣的神？」

突然這麼一問，我也不知做何解釋，雖然常講王爺公的壞話，可祂確實是個正直不阿的神明，就算是我爸也從沒因為他宮主的身分就給過特殊待遇。

「問這個幹麼？」

「是這樣的……。」

「什麼！」

亦輝講完，我差點飯都要噴出，原來他差不多同個時間，跟我一樣，都看見王爺公的聖容。可一神教的基督徒，眼裡只有耶穌，所以一直沒理會。

我沒想到王爺公會親自出動當說客，但這種事派三太子出馬不行，祂是個小孩沒談過戀愛，大人這種情情愛愛對祂而言像唱戲，我知道自己是同志時也向祂討教過，結果祂只會一直笑，半點主意都出不上。

「虧你能忍這麼久！」
「我想如果祂是魔鬼，那麼主耶穌基督不會袖手旁觀，可不論念幾次聖經，對方都一直在。我想，祂只是讓我知道而已。」
「知道什麼？」
「知道這個世界除了主以外，還有其他的神存在。」
「走。」
「去哪？」
「當然去我爸那，把你一個外人牽扯進來太過分了，換我得問祂究竟找你幹麼？」
「我想我知道原因，祂是要我幫忙。」
亦輝又是一個語出驚人，他為神奉獻的心比我還強烈，竟然連異教的神都願意服務。
「你答應了？」
「沒有，我想多瞭解，然後在主耶穌基督同意的條件下幫忙協調。」
「協調什麼？」
「勸你。」
又多了一個說客，而且是枕邊人，不得不說王爺公這招確實夠絕。
說好今晚有約，我爸卻喝個酩酊大醉，倒在沙發上，叫也叫不醒，發出的打呼聲堪比響雷，不知情的還以為今年晚到的春雷有著落。
「爸，起床，亦輝來了。」

蕭明基撥開我的手，隨手抓旁邊的毯子往頭蓋，嘴裡發出的咕噥聲，聽不出究竟有何交代。要是平日派出小平或許還有用，可明天要上學，我留他在家寫作業，這個時間也差不多刷牙上床睡覺。

亦輝看我爸一時半會不會醒，拉著我回到外頭池巡府。他像個好奇寶寶，要我說說每尊神明的來歷。池巡府雖小，供奉的神卻不少，我爸四處請神，弄得擺放水果的神桌也都排滿大大小小的神尊。

我從王爺公坐鎮的主殿說起，左右各兩位是他的拜帖兄弟，合起來便是五府千歲。而在他們前面是俗稱三清道祖的元始天尊、道德天尊和靈寶天尊，祂們是我大學離家時請來的神明，算是池巡府「最年輕」的。

亦輝聽過三清道祖，家裡擺著一套日本漫畫《封神演義》，他對道家神明的認識幾乎出自它。要是我不糾正，他可能真以為女媧娘娘就是妲己變的。

主殿兩側，龍邊是土地公，虎邊是五營，主殿下方開個山洞，供奉虎爺公一家三口。

五營算是王爺公的軍馬，一般所見是人頭槍身，形似布袋戲偶，旁邊有令旗，代表號令兵馬。傳說五營乃是由神明收編孤魂野鬼而成，統一修行鍛煉接受指派，而在南部更有以竹筒替代，甚至是專門拜五營將軍的廟。

主殿前面的神桌擺滿更多神像，我從小拜的三太子、魁星爺，以及其他信眾請來暫放在廟裡的關聖帝君和媽祖，甚至還有我叫不出名字的神尊，全都擠在方寸之地。

我勸過蕭明基很多次，早日讓信眾將這些神明請回家，本就該日日由他們親手奉上清水香火，怎會是由我們代這個勞。

但是現在說這些話已無用，很多信眾早就不來，這些神明也無處可去，自然是只能繼續留在這裡當客神。

「你們平常就在這裡降乩？」

「是啊，不然還能去哪，空間就這麼小。」

「神明不來的時候怎麼辦？」

「用問的，拿這個筊杯，聖杯就代表神明同意，外頭這層光滑的同時出現就叫蓋杯，代表神明生氣，至於內側兩面一起叫笑杯，可能王爺公還在派兵馬查或是祂沒意見。

「我個人最討厭擲筊，有回應就好，沒回應的時候，光在那邊猜神明的意思包準暈頭轉向，上回……算了不說了！」

這種經驗常有，我爸躲債逃家時，年紀尚小的我天天問王爺公人何時回來。當時住在樓上的大伯母，只要聽見筊在地上撞擊的聲音就知道我在家，很快便會打電話下樓叫我上去吃飯。

王爺公後來被我問煩了，索性連問都不給問，最高紀錄一口氣給過我十幾個蓋杯，筊杯甚至彈到我短手撈不到的神明桌下，以示懲戒。

「來吧。」

「來什麼？」

「你問清楚王爺公究竟想怎麼做。」

「不是說好這件事我們不管嗎？」

「偉誠，你想繼續夜不能寐嗎？你還要做生意，又有小平要照顧，還是趕快把該了的事給了了，不要意氣之爭。」

亦輝一旦開始教訓人，十足十就是牧師的模樣，何況這個口氣，已經是有點強硬。我雖然嘴上抗辯幾句，最後還是只能乖乖照辦。

跪在地上，拿著筊杯，亦輝聽不見我嘴中呢喃什麼，擔心我又嘴裡不敬，惹得王爺公不高興，要我大聲講出來。有人在，我還真有點不好意思，可他堅持在場充當桌頭，只好大聲念出。

「王爺公在上，弟子蕭偉誠今天來問清楚您的意思。您每日早晚都顯現，已經鬧得我無法安生，再這樣下去，我會腦神經衰弱。說起來我沒功勞也有苦勞，要不是我撐著，池巡府早就要倒了，哪還可能有今天！

「您說要找宮主，應該自己找去，我沒意願接手，照顧一間宮廟我又不是不知道有多累，而且事事都要花錢。要我接是免談，不知您同不同意？」

筊一下去，馬上蓋杯，我也知道祂不會同意，可也不能趕鴨子上架，只好繼續溝通。

「這種事要兩情相悅，沒有真情何來真心，拜託您還是放過我，我三不五時來幫忙就好，不要逼我接手這個爛攤子。」

又是蓋杯，亦輝看我這樣問下去，問到明天早上也沒結果，建議換他來。我調侃他一個基督徒，應該只能信奉主耶穌，竟然管起異教的事，小心天國遠了。

「我瞞著我爸信過一段時間的關聖帝君，這件事沒人知道。」

我睜大眼睛，亦輝說自己也有叛逆的時候，有段時間故意不禱告，甚至還常往行天宮跑，只為了知道神蹟有何不同。虧我剛才還浪費唇舌解釋筊杯的用法，他就算沒求過也看過人使用，我有種被耍的感覺。

「這些以後再說，現在先把王爺公的心情摸透吧。」

亦輝不愧是神職人員，他和王爺公講話跟我不同，我是討價還價順帶抱怨，他在問候之後清楚切入題目，把問事簡化成是非題而非簡答題。

「王爺公要找新的宮主？」

聖杯。

「有人選了嗎？」

笑杯。

「你要是沒人選，請給聖杯。」

聖杯。

「選宮主的方法，你已經決定了？」

聖杯。

方法千千萬萬種，亦輝這種問法雖然有效率，可要問到點上還是難，還不如找雞胗叔過來直接扶乩說明白最快。可我想歸想，看他問在興頭上也不好潑冷水，只好由著繼續。

「要用擲筊決定嗎？看誰擲到最多聖杯，誰就是宮主。」

我提議，亦輝負責擲筊，結果是聖杯。這樣好處理，只是以前都趁王爺公生日時順便擲筊決定正副爐主和頭家，但如今會員少到只剩一成，根本沒有自願者。

「又沒人選，難道要我們登報找宮主，或是上104人力銀行？」

笑杯，杯還在空中旋轉好幾圈，看來祂對這個方法有猶豫，難得王爺公也有拿不定主意之時。

「這樣什麼意思？」

「祂在笑，沒說好不好。」

問了其他各種可能，王爺公都是蓋杯，只好又回來這個參考選項，看能不能問出祂滿意的方法。可繞了一大圈，還是沒結果。

「不玩了！王爺公自己都沒主意，我們要怎麼幫忙？」

「你有點耐性，王爺公一定有想法，祂是等我們自己講出來。」

亦輝看向旁邊公布欄，貼著名帖，友宮準備回南部參香，日期早就過了，我爸還沒撤下。

「進香，王爺公會不會是想去進香再決定？」

結果，聖杯。

「不是吧，祂選一個最花錢的！」

亦輝又問是要池巡府的信眾一起去進香嗎？王爺公回答蓋杯，我和他眼神對望，似乎都猜到答案，既然不是大家一起，那最有可能的就是——

「該不會是要我們去吧？」

聖杯。

再問一次，聖杯。

我不信邪，換我問，仍然聖杯。

「偉誠，王爺公就是這個意思，你就別再垂死掙扎了！」

亦輝似乎對這個指示沒有半點抗拒，我打從心底佩服他這個神職人員，能如此逆來順受，反而是我這個從小宮廟長大的小孩，聽到進香兩個字猶如鬼見愁，活生生要寫個慘字在地上表達冤屈。這裡面有太多事情要辦，我想都不敢想，結果噩夢成真，還是最驚悚的那種。

六

認命

離開以後，亦輝自顧自地說擲筊也有好處，能快速有效解決問題，不用等待神諭，完全沒發現我正在生悶氣，事後越想越覺得這是神明跟人一起擺下的仙人跳，可惡的是連枕邊人也參一腳，不由得怒從中來。

「怎麼了？」他推開社區大門，站在大廳，一臉疑惑地問我。

「你先上樓，我想散個步。」

「這麼晚了，明天。」

「等下就回來！」

我明白他的個性，丟下一句「別跟來」就跑。

亦輝不懂這件事對我的嚴重性：這幾年我好不容易才慢慢抽身，不再管池巡府的事，頂多送個水果，順手打掃，但從不過問宮務。

我爸一把年紀，阿嬤也走快十年，還一直是小兒子心態，覺得天塌下來定有人幫忙擔，從沒認真盡過大人責任，我這個做兒子的再能忍也有極限。

再來，小平大了也開始懂事，我不想他和我小時候一樣，被人看成是宮廟的小孩受到欺負。這件事不盡然是我爸的問題，要怪只能怪有太多宮廟跟黑道牽扯不清，長久下來形成的社會偏見，始終像烏雲一樣在我心中揮之不去。

蕭明基在我小一到小三這段期間，都在跑路躲避債主，怕人監聽甚至連電話都沒打回家過，只有阿嬤知道他的行蹤，這點從後來整理房間遺物，桌子底下找到的郵局匯款單可以證明。

在他跑路這段期間，阿嬤負責煮飯，大伯金援學費和零用錢，甚至連學校家長會也是大伯母出席參加，而不是我媽。

學校就在附近，同學也都住得很近，大家都知道我家開宮廟，動不動嬉戲打鬧的時候，總要我表演神明附身或是拿著掃把、垃圾桶模仿敲鑼打鼓，不然就是跳家將。實話講，這些我都不會，可為了取悅大家，我還是只能嘻皮笑臉地乖乖照辦。

那個年代還不流行霸凌的說法，但本質上就是，甚至有家長不准小孩跟我玩的情況發生，有段時間經常有人按門鈴，下樓還沒開門便聽見笑聲和腳步聲跑開。

有次，一連好幾天都有人按電鈴惡作劇，我決定教訓他們。看也不看，衝下樓打開大門丟鞭炮直接炸，等到塵埃落定，探頭看到底是誰，才發現是班導上門訪問，幸好她閃得快才沒受傷。

為此，大伯母特別到學校道歉，我也成了大家的笑柄。但在那之後，沒人敢再拿宮廟的事開玩笑，大概都怕我拿鞭炮攻擊吧。正因小時候吃過這種苦頭，我對小平的教育環境特別在意，保持跟我爸的適當距離，免得重蹈覆轍。

沿著河堤，走著走著便跑起來，繞到附近的自來水廠公園，晚上人少，即便大吼大叫也不會吵到人，可我顧著面子又怕遇到熟人，只能心中大吼，要是有人這時跟我四目相接，八成會被我猙獰的表情嚇到。

苦差事繞了一圈還是回到我頭上，只能仰天發出無聲的嘆息，感嘆命運捉弄人。發洩完準備回家，突然有人叫住我，熱情問最近生意如何，走到街燈下看清楚人，原來是劉叔叔。

「叔叔好，晚上出來運動。」

「趁著現在天氣還涼，要是夏天就不想出門。」

劉叔叔開的武興宮，主神玄天上帝，說到鎮殿神像大有來歷，特別從臺南鷲嶺北極殿分靈北上。聽說當年他到臺南迎娶太太，途中正好路過，本想借個廁所方便，結果進廟就暈眩倒地，差點耽誤時辰。

前一晚喝酒開心，酒精未退又趕著清晨出門，還好醒來人沒事，只是舟車勞頓累著身體。

醒來稱是看見堂中走出一人，把他踢醒，要人別擋著路，還勸誡他戒酒，免得傷肝。劉叔叔當時對神明的事懵懵懂懂，只知道關聖帝君和媽祖，站起來後走到大殿看見玄天上帝的聖容，指著就是他，陰錯陽差，就此踏入宮廟一行。

之後，辛辛苦苦地來回幾趟，終於獲得玄天上帝的點頭同意，請到分靈回臺北開宮廟，並欽賜武興宮三字。初時什麼都不懂，邊開邊學，跟我爸也是認識於一次進香才開始交好。

「宮裡最近如何？」

「行啊，我兒子剛擲到副爐主，他有興趣，大學又是念文化行銷，最近都在搞拍片，說這樣可以讓年輕人認識玄天上帝，招到更多信徒。要是真被他搞起來，以後宮主換他來做。」

武興宮、池巡府還有其他宮廟，不論大小，現在遇到的最大問題是年輕人對神明宗教的事不感興趣，也不覺得缺少信仰會對生活造成什麼影響，絕大多數人只有考試前會臨時抱佛腳，認真要他說出每尊神明的來歷，或是廟會陣頭文化起源，恐怕還要先問網路才行。

我和劉叔叔閒聊，他偶然問起我爸，縱使兩人口頭交惡，可終究是認識二十幾年的朋友，老一輩還是很重感情的。

「跟以前一樣，常常喝醉，口袋錢不多，所以都是在家蹲。」

「最近身邊沒人照顧他？」

「誰要！又不是家財萬貫，那還可以考慮。」

「你小子這樣說你爸，去！」劉叔叔點菸，菸火就像螢火蟲的尾巴，時閃時滅：「你有要接池巡府嗎？」

「沒有，不考慮。」

劉叔叔勸我考慮一下：「這些神明從小看你長大，怎麼也得顧個情分。」這下可說到我的軟肋，最怕人家拿感情兩個字要脅，我也不好隱瞞，拿最近的事跟他哭訴，誰知道他聽完笑得差點菸沒拿穩要摔到地上。

「王爺公跟我家上帝爺公一樣，都很有個性，祂一定是想好了才會開口。」我也覺得自己被下套，現在要脫身已不易。王爺公轉筊的動作哪裡是猶豫，是等我自己開口，祂怕我笨問不到點上，才需要亦輝神來一筆，如此就不算是祂強迫而是我自願。

劉叔叔說晚了要回家睡覺，勸我也別想太多，可事到如今，我想也沒用，還是先回家休息，兩點還要起來做生意。

既然沒得選擇，只好硬著頭皮接手，好歹把決定權留在自己手上，勝過最後繞一圈殺我個措手不及。一個月的準備時間，偏偏遇上月底，手上的稿件同時進入二、三校，已經忙得連水果攤都暫時休攤，進香的事只好先交給亦輝。我真是小瞧了他是基督徒，想不到對這件事特別上心。積極歸積極，還是交代我千萬保密，別讓老陳牧師知道，以免他再受打擊。

亦輝私下跟老陳牧師討論過基督存在與否，結果只得到信者得恆存的說法。別看他脾氣好，什麼事都不放心上，一旦堅持己見，沒找到答案不會輕易罷手，這才會接觸其他宗教。

後來他發現自己徬徨無助時，腦中浮出的並非全知的基督，而是聖經裡抄寫的經文。相較於精神性的神，存在於紙上的文字更讓他覺得心安。光這點，我們就有共通點，每回遇到心煩事，聽點金剛經或自己手抄心經，心情也會鎮定許多。

至於宗教的本質，他認為抽象概念是相似的，只是發散成不同的模樣，道教的王爺、佛教的菩薩，其實跟耶穌基督或阿拉，都是相同的精神。

總之，亦輝對於進香的事躍躍欲試，要我交給他處理，至於聚會所的事務，最近有年輕教眾幫襯，即使暫離一段時間也不影響。

遶境是為了保平安除邪祟，而進香看成神明充電更實在。

多數的神尊大都從主神分靈而來，除非是開基或開臺首尊，否則分靈的神在傳統道教的定義中都需要定期回祖廟，有助力量的增強，人都需要適時進修充電獲得新知，神明當然也是。時間多數是選在神明生日前後，三月上帝爺公、保生大帝和媽祖，五月是各路王爺。六月除了王爺以外，關聖帝君也加入混戰，七月瑤池金母一脈相傳，齊聚花蓮。有心的話，一年四季臺灣都有得跑。

我記得我爸跑路回來，重新接手宮廟，為了搏感情，經常參加友宮的邀請。有時一個週末好幾場，礙於面子又不能不去，只好派我出馬，帶著阿嬤出門，一連好幾個禮拜週末都不在家，我帶著功課在遊覽車上寫，免得週日回來累得無法寫作業，隔天成老師竹籐木板下的犧牲品。

王爺公交代一個月內辦完，時間點正好碰上三月瘋媽祖，中部一帶，臺中彰化雲林有名的媽祖廟，光是擺香陣接媽祖都來不及，何況人多，人擠人的情況下，變數更多。

為了求快，我跟蕭明基索討這幾年留下的紅單，參考都去了哪些地方，先列出清單，且現在網路地圖如此方便，衛星雲圖加上街景照，可以確認停車是否方便。

這趟出門，最多就是我自己，小平要上學，家裡也要有個人照顧，只能勞煩亦輝留守。清單列好後，再跟王爺公喬時間，出門要看日子，也要決定去哪些廟，到時一間間擲筊也是大陣仗。

我忙完手上的案子，又一個禮拜過去，有天早上甚至累到起床後雙眼無法對焦，別說出門批貨，連從床上坐起來都覺得頭暈，亦輝只好攙著我去醫院檢查身體，醫生診斷是貧血，留下我打了一袋點滴，回家交代吃些補血的食物而且多休息。

可是我哪有時間能休息，進香時間正在倒數，王爺公決定好路線以後，還得逐間廟打去詢問登記。廟方通常會貼香條表示歡迎，也有可能看情況拒接，或是必須到現場去登記，萬一發生這種情況，南北來回又是一頓苦力活。

我心中已經做好這個月入不敷出的心理準備，三天晒網兩天捕魚，只求常客不要走，不然我因小失大，得不償失。

「名單呢？」

亦輝晚上回家，我和他邊吃飯邊討論，他喜孜孜地將名單遞給我，洋洋灑灑五、六十間廟，大概忘記出臺北以後比例尺只能當作參考。

「你以為我們有多少時間？以前我跟我爸去進香，兩天最多就是十間廟，甚至六間廟而已。」

「我問過你爸，這回去沒有陣頭，就是請神而已，不像你們以前有鑼鼓陣、神將、神轎和乩身隨行，這樣的數量剛好。」

「那也要神明同意。」

亦輝聽我解釋，這才明白原來名單不是自己列出來就好，還必須王爺公點頭。

「那我們吃飽就去。」

「我去就好，你去洗澡。」

「不行，我要一起，我也要去進香，想全程參與。」

「不行，小平需要人照顧，王爺公任性，你怎麼也跟著胡鬧！」

亦輝露出賊笑，悠悠地說出他的決定：「擲筊時問的是兩人，不是只有你而已。還有，我幫小平請假，他也不能缺席。」

「他要念書！」

「只是一個多禮拜，不會妨礙學業，回來我再幫他補習。不然，你放心讓他跟你爸在一塊？」

「不是那個問題。」

「偉誠，小平很想去，前天還偷偷問我什麼時候出發。丟下他不管，他會覺得自己被拋下。」

亦輝的話根本是我往我軟肋打，他明知道我介意蕭明基跑路時把我扔下，還常舊事重提，根本想看我為難的模樣。

「問這個幹麼？」

「他說要幫你拍照。」

「用那台送給他當生日禮物的傻瓜相機？」

亦輝點頭，他知道我寵小平，絕不會讓他失望，算是一種補償自己兒時缺乏父愛的彌補心態。可我真的不想……

我沒回答好或不好，回他一句隨便吧，這個家不論老小或神明都比我有個性，根本就是吃定我……

「小平，睡了嗎？」

敲門進去前明明聽見門後傳來跳上床的聲音，開門時還是得裝成不知情的模樣，這便是父子間的默契，戲要演就演全套，跟小時候阿嬤進來看我睡沒一模一樣。

小平假意地揉眼睛，說本來快睡著，結果被我吵醒：「爸比不是應該睡了？明天不用去市場嗎？」

我告訴他這陣子有要緊的事必須先處理，翻開桌上的聯絡簿，老師叮嚀這禮拜五月考結束，只上半天課，請自帶便當的家長不用準備。

小平訂學校營養午餐，我和亦輝也比較省事，加上這孩子有時健忘，連鉛筆盒或書包都會丟在學校就直接回家，便當盒八成要等到隔天發臭才會想到。

「爸比有件事跟你商量。」

小平露出作噁的模樣，他最討厭聽我自稱爸比，可我總覺得這比老爸或父親好聽，就當是小男生彆扭表達愛你的表現。

「爸比過陣子要去南部進香，因為……。」

小平沒等我把話講完，搶著說他已經知道，我猜不是亦輝就是我爸告訴他的。

「那你知道進香是什麼嗎？」

他點頭說知道：「爺爺說，要帶著王爺公回祖廟走走。」

「對，不過中間還會去很多地方。本來呢，爸比打算自己去，留叔叔跟你在家等。但叔叔堅持要去，而且要帶你一起去。你已經八歲了，很多事可以自己做決定，所以來問問你的意思。」

小平看著牆上的月曆，上面寫著下禮拜有躲避球賽，全校運動會也在下個月，每堂體育課都要練習快跑，最後選出班上跑得最快的前十人代表參賽。我知道他一直很期待，一年級時他因太矮沒參加，現在抽高不少，今年特別有希望。

「什麼時候回來？」

「運動會以前一定會回來。如果不想去，我就請阿公照顧幾天。」

想不到小平馬上搖頭，嫌我爸那邊髒，也不肯他過來這邊，怕連家裡也弄得一團髒亂。他想許久，思考的樣子完全不像個小孩，露出左邊側臉時最像楊曉萍，透露一分陳家沒有遺傳的冷靜和決絕。

「好，去。」

「確定嗎？不要的話可以拒絕，爸比不希望你像我小時候一樣，凡事都由大人決定，少了自己的主見。」

「想去，想跟爸比還有亦輝叔叔一起出門旅行。」

「回來功課落後怎辦？」

「不怕，我帶去，晚上你可以教我功課。」我想推託小學生的課程變難，小平反而先發制人：「別人的爸比都會陪他們寫作業，只有我沒有。」

我無話好說，小平念書的時間，都在吃飯洗澡以後，這個時間我都在休息居多，才有精神凌晨兩點鐘起床去大市批貨，反而亦輝更像他爸爸，經常陪著他讀書寫字或是一起玩遊戲。不知怎的，鼻頭有點酸，好像被人抓住什麼把柄，連討價還價的空間都沒有。

「好，帶著去，爸比教你。」

「一言為定。」小平從被窩中伸出右手大拇指，要我打勾勾。

以前常聽大人說時間一下就過，昨天小孩還在強褓中，今天已經要結婚娶親，我還常笑他們誇大事實，二十幾年的光陰怎可能眨眼就過。等到我自己變成爸爸，才真的感覺到時光流逝，小平已經是個懂事能好好表達的小孩。

道晚安後，退出房間，亦輝靠著牆等我，我問他在這站多久，他回答大約半小時。

「你都聽見了？」

「聽見了，小平果然是你兒子。」

「拜託！我小時候比他還乖，不知道他是真的想去還是勉強自己。」

「放心吧，小孩子不會說謊，大人才會。」

亦輝催我趕緊找天時間回池巡府，決定在哪些廟停留或落腳，接下來還有很多事要忙，不只要確認每間宮廟的登記方法，還要決定睡覺地點。要是廟方有香客大樓還好，怕的是四周荒涼，連間旅館都找不到，那時才麻煩。

「你想什麼？」我問。

「交通工具，我們有三個人，開車比較方便。」

「開我那台車吧，老歸老，零件已經更換，馬達也穩定。」

我打算明天回池巡府一趟，把該確認的事都確定，免得夜長夢多。光想到要不停請示神明，都覺得沒耐性。

隔日一早，我回池巡府，發現門沒鎖，走進屋內看見我爸倒在地上，我當下趕緊打電話叫救護車。後來醫生研判是小中風，說要是沒我的話，再晚個幾分鐘，恐怕救回來也會全身癱瘓或變成植物人。

都這種時候了，當然是以他的健康要緊，偏偏蕭明基醒來卻只顧著問我何時出發，絲毫不管他現在的情況需要人照顧，而且唯一能陪在他身邊的人就剩我了。

「恁爸毋免你管，先把王爺公的代誌辦好勢。」

「你顧好自己，已經勸很多次要戒酒戒菸，還有不能吃油膩的食物，結果桌上還有豬腳，那種食物肥油特別多，你是打算自殺嗎？」

我爸說昨天還好好的，今早起床就覺得頭暈，且渾身使不上力，本想走去燒個香，結果手還沒摸到香，人就倒下。幸好人沒事，也沒傷到骨頭，都一把年紀最怕哪裡摔傷得躺床，醫生囑咐住院幾天配合藥物治療，很快便能痊癒。

「共小平烋去，我今仔攏安呢矣，無法度共你烋囡仔。」

「我才不敢指望你能幫上忙，顧好自己就得了。」

從小到大，我擔心他甚至超過自己，我爸卻連聲謝都沒有，要不是我心軟，凡事退讓三分，他還能在這裡發號施令不成。而且，真正累的可是我，不是他的寶貝金孫。

「有時我覺得小平才是你兒子，對他比對我好！」

「攏幾歲了，猶閣咧共恁囝吃醋！」

「少臭美，誰會吃你的醋！我是怕萬一有何不測，我會被千夫所指。」

「咒誓你老爸死，有影是逆子！我才毋免你操煩，一個人顛倒較快活。」

「死鴨仔硬喙顊，這擺是好運。若是真正拄到萬一，你後悔就袂赴。」

蕭明基拍胸保證自己不怕，還說就算我不在，家裡有王爺公，祂才不會見死不救。

我覺得這話有理，王爺公兇歸兇，該祂出頭的確沒缺席過。只是真不知道我爸是膽子大，還是真的信仰虔誠到心無恐怖。

「上濟……。」見我挑眉，又要我當他沒說話，不知道他慌慌張張的，究竟想到什麼不能跟人言：

「房間入去鏡臺頂有一个揹仔，你去揣，內面有一本記事本，頂懸攏是宮廟的聯絡方式。毋通雄雄共跑去，若予擋咧外口就歹看面。」

我回說知道，再三確認他不用我照顧才回家，住院三天，蕭明基不喜歡病人服，要我去拿平常穿的便服。

別人的爸爸幫兒子買房存一桶金，我的老爸只會一直惹麻煩，他退休前也是這樣，明知道要開遠程，必須好好休息，還是不怕死的熬夜打麻將，當自己還是年輕人操身體。結果精神不濟，開車在高速公路上打瞌睡，快要撞上前面的小客車時，還好他突然醒來趕緊閃開，沒有撞到任何人，否則我就算做牛做馬也賠不完。最後因為開車傷到他的骨盆腔，落下坐骨神經痛的毛病，只好提早退休。

別人是我的家庭真可愛，我是我的家庭經常出包，還真是甜蜜喜悅呢。

七

抬轎

我爸生病，我也沒閒著，進香路線已經安排妥當，行程走完共需十天。小平臉上透著滿心期待的表情，小孩就是小孩，當成遠足郊遊，一點也不知進香的辛苦。

出發前，雞胗叔建議再問一次王爺公有沒有其他事交代，我們相約今天在池巡府見面，有他幫忙，可節省不少擲筊猜測的時間，順便請教他的意見。

「起駕的日子是後禮拜四，國曆四月八日，農曆二月二十七日，頭間廟是大甲鎮瀾宮，嘛可能是鹿港天后宮，就看……。」

我這一講就停不下來，連雞胗叔都嫌我話多，轉頭問候亦輝辛苦了，平常得忍受這種機關槍炮式的叨念，說我不愧是詹金珠的兒子，感嘆小孩不能偷生。他對我媽仍是印象深刻，當年看他和我爸喝酒不順眼，從進門念到人都走了，還能站在陽臺繼續叨念，直到人拐出巷子才停。

「恁母仔彼支喙有夠厲害，好佳哉恁老爸面皮較厚，毋管按怎念攏老神在在，離緣嘛較快活，免佇遐規工冤家，舞甲王爺公腦神經斷了了。」

講完閒話，雞胗叔準備請神，燒香報備，檀香冉冉，閉目靜心，亦輝頭次這麼近看人扶乩，臉上寫著好奇兩字，我是看到無感，只求王爺公別再出什麼難題才好。

不出五分鐘，雞胗叔身體微微搖晃，有些人請神前後講話聲音不同，而有些人會不自主翻白眼或抽蓄。他是身體會像個陀螺轉，驟然停下，正是王爺公降臨。

「降駕的可是王爺公？」宮中神明多，先前遇過王爺公有事不在，換成三太子或濟公祖臨時頂替。祂點頭，做出撥髮鬚的手勢，說話速度可快，平常桌頭都是我爸，今天換成我，遠離宮務久了，以前加減能聽懂一二，如今也變得吃力陌生。好在今天王爺公夠有耐性，一句話重複三次，我加減猜出前後文。

王爺公表示已經跟要去的這些廟主神打好招呼，隨時可以出發，囑咐帶著紅包到時裝香火回來。

「是，敢閣有別項欲交代的無？」

王爺公劈頭又是一串話，交代我們帶著七星劍上路。

七星劍是乩童會用的法器，用來斬妖除魔，可我們這趟只有三人，雞胗叔沒有同行，照理說帶去也沒用，可祂交代我便照辦，要是多嘴問為什麼，興許又得挨一陣罵。

想不到這心裡話被祂聽見，問我有話幹麼不說，在心裡講是小人也。當眾不給我面子，連小平也呵呵大笑。

祂這樣一說，我耳根都紅了，還好有亦輝在，在我一臉熱時，仍不忘問正事。

這趟進香之旅重點是找到下一任宮主，可究竟如何找、人選是誰，王爺公可是半字都沒指示。還好亦輝在場，不然我把最重要的一件事都給忘了。

王爺公保持沉默，眾人屏息以待，不知道祂是沒想到這點，還是天機不可洩漏。最後留下這個交代，也不知是意料之外還是情理之中。祂要我們遇到有緣人就請來擲筊，聽似有理，可這樣沒目的的撒網，簡直是大海撈針，總不可能把兩千三百萬人口都抓來測試。

「這毌是干焦過你這關，閣愛經過祖廟王爺的同意，萬一阮拄到的人住佇臺中，你敢是愛人跑去遐？」

王爺公回答有心無難事，祂把祖廟擲筊的時間訂在國曆四月十七日早上，到時把那些人都聚在一塊。可究竟是哪些人，那得上路才知道。不說的話，我還以為在拍攝今晚住誰家，只是變成民俗版，足以惹人注目的那種。

本以為這樣已夠困難，想不到王爺公還堅持要抬轎進廟，特別強調考慮到人力有限，所以手轎就好。

這般聽得像是恩情大過天的要求，對我們簡直是獅子大開口。我跟亦輝都不會抬轎，小平還小，加上車子是五人座，手轎根本放不下，希望祂體諒，大人有大量，別再出更多難題。

可王爺公不愧行走江湖幾百年，再難的題目也能拆解。

車子的事，祂指示說亦輝有辦法，聚會所有輛七人座，中後座的位子攤平，剛好能容手轎，祂不在意車身上有「神愛世人」四個字。至於手轎，武興宮正好有一頂，只要我跟劉叔叔開口，絕不是問題。

「就算按呢，一頂轎子出去，總嘛愛有一个陣頭的款，誰來負責拍鑼鼓？」

話才說出口，我就後悔，王爺公這不是早就在等我這句？一行三人，不就正好有個人沒事做可以頂替開路先鋒！

「不行！絕對不能，小平還這麼小，而且我希望他別碰這些宮廟的事。」

「爸比，你昨晚不是說我自己決定。」

「只有這件事絕對不行，很危險的，現場會有鞭炮也會有很多人圍觀，我……。」我講出了自己心中在意的事，永遠都過不了的坎，我怕小平經歷兒時經歷過的事，被人貼上宮廟小孩的標籤。

「我才不怕，同學看到又怎樣！」

「同學可能會開你玩笑，會霸凌你，會這些事情找你麻煩！」

「我有爸比啊，真的發生這些事，我會告訴你還有亦輝叔叔。」

小平這番話，足夠讓我熱淚盈眶，是啊，他不像小時候的我，什麼事都只能自己堅強挺住，他還有我可以依靠。

確認他是認真之後，我又煩惱起小平根本不會敲鑼打鼓，先前怕他學會後去學校吹牛，每次都故意撇開話題，不然就是帶離現場，他看是看過卻什麼都不懂。

「嗯，阿公有教我喔，你看！」小平拿起旁邊的鑼，有模有樣的敲，看就知道平常有練習。

小平有自己的想法，我再看亦輝，要他這個異教徒說句話，扛手轎的事情，他總得有點意見，卻連反對都沒有，點個頭當作同意了。事已至此，大勢已去，一切都底定，香案明日貼出，神明準備起駕，光想到我就覺得一個頭兩個大。

那天回家太晚，連向來做事最有條有理的亦輝都直接睡倒在沙發上，早上才起床淋浴換上乾淨衣服去教會。禮拜六早上有慈善活動，由他帶著大學生到照護機構服務。為了進香瞞著父親暫停兩梯次，老陳牧師頗有微詞，父子倆間有些不開心。我過意不去，專程挑些水果請亦輝帶去，當成賠罪。

當晚剩下時間都在確認要走訪的廟，神明走跳也是講交情。如往年，新營和麻豆兩間太子宮都是輪流去，顧著兩邊有來有往，誰也不得罪。

今年王爺公指示去程先到新營，回程有空再到麻豆，太子爺雖然沒跟著去，不過到新營的時候得取些香火回來。

說也奇怪，王爺公是屬於王爺體系，中南部也有不少王爺廟，可不論是往年或這次，走的多數是奉媽祖為主神的大廟，加上幾間玄天上帝、魁星爺和太子宮。

刪刪減減，名單從四十二變成二十四，剛好數字倒過來，我倒沒意見，不用趕行程，加上每去一間廟總得包個香油錢，起碼也得兩千四，加起來五、六萬跑不掉，這些錢都得自己出，能少一點是一點。

花錢不打緊，只要能找到宮主，說什麼我也願意。關於這點，我也問過神明，這趟旅行都在臺中、彰化、雲林、嘉義、臺南跑跳，宮主很有可能也是這幾個縣市的人，池巡府豈不是要搬遷南下。

祂說天意如此也只好遷址，既然王爺公都做好心理準備，做弟子的自然順從，不過我這個丟包甩鍋的心思，沒有瞞過祂的法眼，遭到喝斥，但罵歸罵，隔靴搔癢，我不癢不痛。

時間既然訂下，我在粉絲團還有社群媒體宣布水果攤暫停營業，幾個平常固定光顧的客戶，聽見我要帶著神明去進香，丟出驚訝的表情符號回應，順便提供GPS定位功能，到時讓粉絲追蹤我的位置和進度。

翻譯工作已經告一段落，通知編輯放小假兩週，當中幾位知道後建議將這段歷程記錄下來，未來或許有用。想到我的文字搭配小平的照片，應該能有賣點，還是有點期待。

可這些都是後話，直到出發以前，我和亦輝晚上天天都去武興宮報到。

劉叔叔知道是王爺公指示，當然答應借我們輦轎，可我和他都沒經驗，必須加緊練習，否則正式上路，不只腳步踏錯，稍不慎把王爺公甩出去，可就麻煩。

亦輝一個基督徒，雖然做起這些事完全沒禁忌，但還是得瞞著老陳牧師偷偷進行。

輦轎坐的通常是開路先鋒，而一般出巡繞境，由太子爺擔當這個角色居多，所以又稱太子爺輦轎，也有少數是土地公或虎爺。步伐不定，前後統一就好，配合輦轎的晃動，左右搖擺，可以減少離心力。有一說這時神明會降駕，抬的人轎身要抓穩，不可有一絲鬆懈，否則到時神明沒事，反而是人被甩出去受傷。

劉叔叔要我們培養默契，輦轎輕，抬的時候，靠的是人的重心要穩。

頭次練習時是空轎，我站前，亦輝站後，後來劉叔叔調整，說我們倆身高不一樣，改成亦輝站前我站後，這樣才不會擋住他的視線。對此他頗有微詞，身高是他的禁忌，也頗在意自己不到五尺七。我不敢笑，幫著轉移話題，免得他自信心受傷。

亦輝身高不高，可走路速度快，劉叔叔要他放慢，不然我和輦轎被他拖著跑，容易受傷。別看扛轎簡單，沒有練習過還真不知道難，前後兩人要隨時配合對方調整速度，默契有了才正式綁神明練習。

劉叔叔提醒，要是感覺到轎身有股力量在推，這時千萬不要用力想將它翻正。相反的，這時抬轎的人什麼都別做，把重心挪回來，放在核心，穩住下半身，至於抬轎的上半身則要抓穩。

他請出武興宮的太子爺讓我們練習，先練習步伐，移動順暢後，再練習過爐火。這趟沒有乩身也沒有請兵馬隨行，否則光是每天要安五營，就夠我們累了。

基本功有了，再來就是花式，鞭炮過後，輦轎跟文武轎一樣，都得三進三出，前手得抓準距離，才不致衝得過頭，後手也得踩煞車，要是沒配合好，一個衝一個踩，保證當場受傷。

衝到最前面停下來後，兩人得在空中直接身體一轉，前後互換。劉叔叔擔心這邊出狀況，問題還是出在亦輝，轎身前後的高低差，已對他特別吃力，深怕到時重量全壓在他身上會吃不消。

我們討論出一個方法，他當前手時照舊，可轉身換方向時，我蹲低膝蓋，聽見他說好後再站直，雖然傷膝蓋，但這個方法較沒風險。我是寧可自己多辛苦點，也不用到時兩個人陷入為難。

亦輝起初還有點介意，不過真的走位後，也不得不認同這是正確的決定。

走位沒問題後，再來是配合輦轎左右晃動，別看這個動作簡單，初時深怕神明掉下來，誰都不敢大力晃動，只要稍不合拍，轎身就會變成一高一低，反而容易翻船，嚇得劉叔叔在旁邊猛叫暫停，要我們別傷著他家的太子爺。

後來克服心理壓力，我和亦輝終於找到默契，可成功這麼一次還是不算數，畢竟到時後要扛的可不是太子爺，而是身形更大、重量更重的王爺公。

一般，王爺公坐的是武轎，很少綁在輦轎上，武興宮這頂輦轎當初是特別訂製，由玄天上帝親自降駕指示的尺寸，方便出發去信徒家中辦事。

出發前兩天，我們移動到池巡府練習，這趟要跟著我們一起出門的是平常負責外出的二祖。神明一向都有分身，又會分成鎮殿或外出，也會有文武身的差別。
二祖是當初王爺公指示雕刻，全身貼著金箔，僅有臉和鬍鬚是黑的，相當醒目，跟太子爺比起來，重量差了兩公斤，扛在肩膀上的感覺也不太一樣。
亦輝說不知是不是心理因素，前幾天練習時走起路來很輕鬆，感覺就像扛個小孩在肩膀上，可王爺公一上輦轎，轎身變沉不說，前進也覺得小心翼翼，手腳不太能施展。
劉叔叔知道後，要我們向二祖報備，他說人扛神，神明也會害怕，也需要建立默契，尤其像池府王爺平常不坐輦轎，在空中搖晃的感覺，祂也要習慣。
亦輝是基督徒，這話只能由我來講，我在心中請王爺公放心，經過這幾天的練習，已經知道輦轎怎麼扛，何況這是祂自己的提議，哪有害怕的道理。
不知是這個激將法奏效，還是我們練習幾次後找到默契，雖不至身輕如燕，可也配得上進退有度四個字。
抬轎需要練習，敲鑼的小孩也沒偷懶，小平每天寫完功課就在房間裡敲敲打打，好險這棟大樓的隔音好，否則收到鄰居抗議可就不妙。
出發前一天，我們三人合體，在池巡府樓下練習走位，鑼聲醒目，吸引樓上鄰居探頭看，其中也有大伯。大概在他眼裡，我還是踏上跟我爸一樣的路，開始碰這些神明事，解釋什麼的只能以後再說，明天就要出門進香，除了加緊練習以外，別無他路。
回到家癱在沙發上，摸摸肩膀，跟前幾天一樣，紅腫和起水泡，還沒出發已經先成傷兵一枚，不知道明天以後的日子該怎麼過。

亦輝催我快去洗澡，早點休息。至於他，不論每天回家多晚，還是照平常課表研讀聖經，意志力之強，真是讓人佩服。

「你不累啊？休息一天吧。」

「該做的功課還是得做，這是跟主的約定。」

我從背後熊抱他，他說也不說就把手撥開，看我露出一臉受傷的神情，提醒我抬轎如同請神，雖然不用齋戒沐浴，但也要淨身，維持清心寡欲。

「雞膌叔說的你也信！」

「親愛的，容我提醒，這可是你的神。」

「對，我的王爺公，什麼都是我的！」

我也只能說這種賭氣話，摸摸鼻子認了，拖著步伐去洗澡。經過小平房前，他正在收拾背包，將課本還有模型拚命塞進去，彷彿那是哆啦A夢的次元袋。

「模型就不用了，只准帶課本和作業簿。」

「吼——」

「吼也沒用，要是不盯著你，最後一定丟三落四。」

「好啦好啦，爸比好囉嗦。」

我把心中悶氣出在小平身上，覺得自己真不是個好爸爸，只有這時候覺得自己像蕭明基，話明明能好好說，偏偏要用這種傳統父親口吻，弄得小孩不開心，自己心情也不好受。

「唉，早知道就不要答應尋找宮主，既不用禁欲也省得費心跟大伯解釋。」

練習結束後，我讓亦輝帶著小平先回家，去三樓大伯家，想著許久沒打招呼，今天既然對到眼，基於禮貌還是得問候一聲，且小時候吃他家的米水多，總有種說不出的親近，甚至比自己的父母還親。

應門的是大伯母，跟從前一樣，見到我就問吃飽沒，熱情地招呼我進門。幾年前，大伯家養的杜賓犬嘟嘟去世後，如今已沒有狗吠聲迎接，想我小時候還常以逗牠為樂，故意裝鞭炮聲驚嚇，看牠驚慌失措的模樣就覺得有趣。

「伯父、伯母晚安，堂哥不在嗎？」

「他們帶小孩去逛夜市，來來來坐，吃水果，坐下來一起看電視。」

大伯眼睛盯著電視，沒吭聲，兩人今年都已年過七十，身體還相當硬朗，有時早上送水果過來，還會遇到他們正好運動回來。

「誠誠啊，水果攤生意怎樣？」會叫我誠誠的，只有大伯母，她還是把我當小孩看，見面就是噓寒問暖，擔心我沒吃飽。

「很好，每天都剛好賣完，下回我再帶些新鮮的給你們嘗嘗。最近有一種新款的叫奇異梅，長得像梅子，剝皮吃是奇異果的味道和口感。」

大伯母對吃有研究，要我下回帶盒給她嘗味道，廚房傳來水滾的鳴笛聲，起身走進裡頭關火，剩我和大伯兩人相處。

看見大伯仍會有種緊張感，小時候也是像這樣比鄰而坐，他仔細地檢查作業，把錯的地方一處不漏地挑出，特別要求筆跡端正，否則撕掉重寫，現在就是這種感覺。

「你咧幫阿基處理廟內的代誌？」

「神明指示的，說要找新的人接手。」我把事情的來龍去脈告訴他，順便告知我爸住院的事。

「我知影，今仔日下晝有去共看，吃甲這老矣，猶毋知影愛照顧家己身體。」

「幾天不在，再勞煩大伯幫忙留意。」

大伯話少，雖然對我爸頗有微詞，可他是做大哥的，底下兩個妹妹一個弟弟，阿嬤和阿公開雜貨店，從早到晚都在做生意，照顧弟妹的工作落在他身上，早就習慣一雙眼睛盯著他們，任何需要都立刻送上，縱使彼此性情不合，從來不抱怨。

我爸跑路那幾年，多虧有大伯收留，我才能平安長大，雖沒有上演什麼背著我去看醫生的戲碼，可是感冒生病時，都是他或大伯母坐在身邊盯著我吃藥或幫忙換發燒出汗濕掉的衣服。

「悉小平出門，愛看頭看尾，毋通家己耍甲袂記得人。」

「我哪會做這款代誌，大伯。」

「你共恁爸上同款，愛迌迌，啥物攏欲試看覓。只是野心無遮大，看恁爸跑路就知影矣，錢的代誌嘛是愛注意。」

「我知影，有他這個負面教材，我會當心的。」

大伯問起我哥的近況，我回他都好，雖然離婚，不過小孩由我媽照顧，至於這是好或不好就不知道了。

「閣按怎講嘛是恁老母，囡仔人講話沒大沒小。」

「是是是。」

大伯母端著茶回來，說是今年剛買的春茶，味道清新，要我喝點再走。我陪著他們看會電視，聽見樓下汽車路邊停車輪胎磨擦的聲音，應該是堂哥回來了，趕緊夾著尾巴逃跑，要是再坐下去，十二點都還回不了家。

洗完澡，小平已經上床睡覺，聽見明天五點半起床，平常最會賴床的他，竟連半點抗拒也沒有，果然是說到念書沒半撇，出門旅行就來勁。

亦輝人不在客廳，進房看，他正好在拿盥洗的衣服：「你洗好了，那換我。行李箱已經整理好，你看有沒有漏掉什麼。」

「好。」

我撲過去，這回才不管他要不要，就是硬來也要上。亦輝笑著說這不合規矩要淨身，可我偏不，人說三十如狼四十如虎，我正在虎狼的年紀，哪裡能忍得了這麼多天。

「喂！」亦輝抓住我正在解褲子拉鍊的手。

「幹……幹麼？」我被他這個氣氛嚇到，褲子脫到一半。

「要知道——」

「知道什麼？」

「知道另一個人也在欲火高漲，把他撩起來的話，今晚就不用睡了。」

我都忘了，我多久沒做，亦輝便也多久沒有床上活動。這下不知道是他不放過我，還是我不放過他，希望明天能準時起床，至於現在不管三七二十一，脫了再上！

不過做之前還是得先確認門鎖上沒，再發生一次小平做惡夢沒敲門就進來討抱，我可真的要倒陽。幸好那回我們剛好做完，亦輝進去洗澡，我坐在床邊回味，沒想到被那個臭小子打斷，還一直問我為何不穿衣服。

小子，現在告訴你還太早了，兒童不宜，兒童不宜。

八

起駕

大清早敲鑼打鼓，實在對住戶鄰居過意不去，可神明出駕總不能沒沒無聞。宮裡的銅鐘好久沒響了，敲下去，聲音依舊響亮，想到小時候進香也是早起忙進忙出，說實在話還真有點懷念。

我爸跑路兩年，回家後立刻規畫進香行程，這一切都要多虧淑滿姑姑的大兒子，我的大表哥崇智的幫忙。

以年紀來說，林崇智叫叔叔更合適，可是以輩分而言就是表哥。他跟我爸年紀相近，只差六歲，從小一起長大。若說剋星的話，他和大伯絕對是唯二。

崇智表哥的個性說一是一，事情不插手則矣，若決定幫忙一定負責到底絕無二話，既不會事後討人情，也不會中途變卦。脾氣硬歸硬，事前一定先畫清底線，有看過布袋戲的人，一定知道傲笑紅塵這號人物，他留名的絕招叫紅塵一步終，表哥的作風也是如此，已經是明雷，誰踩誰就自負後果。

當初我爸跑路，他和劉叔叔合力撐著宮廟，看我當時年紀還小，經常來探望，後來也是他跟著其他人出陣頭時，在南投松柏嶺受天宮發現我爸，威逼利誘才將他拐回臺北。

要上松柏嶺受天宮，當年只有廟前一條路，不管是零星香客還是進香團，走的都是同條大街。崇智表哥眼尖看見常跟我爸一同出團的職業隊，順口一問有沒有看過人，方才知道人剛才明明還在，為了閃他不知躲到何處。

當晚所有進香團都住受天宮香客大樓，崇智表哥先到房間外頭喊我爸的名字，蕭明基裝死不肯應聲，他索性早上三點就起床，等在廟外面，再怎麼躲，人總得出來扛轎。

果然被他猜個正著，雙方既然見到面了，崇智表哥也不客氣，直接挑明要他回臺北，有什麼話當面再說，還壓日期要他兩天內務必到林家會合。人來，有什麼忙他一定幫，要是人沒出現，以後也不用再聯絡。

我爸算是聰明人，知道只有這個姪子最挺他，要是連林崇智都不管，那就真的沒救，兩天後乖乖夾著尾巴出現在林家。

崇智表哥許過願，請王爺公保佑他找回蕭明基，若是人回來，定會帶祂回海浦祖廟，想不到還真的靈驗。多虧他告訴我這段往事，特意把受天宮也排入行程，否則我爸守口如瓶，連當年為何跑路都不肯講明白，個中原由恐怕都要變成都市怪談。

鳴鼓後準備起駕，雞胗叔特別一早來幫忙，將二祖請下樓後，牢牢地綁在轎上，亦輝在旁邊看得仔細，接下來這個任務就靠他了。我的手一緊張就容易冒手汗，如果單靠我來綁這個東西，恐怕會哪處沒綁緊，到時王爺公要是真的摔下來缺一角，那可沒有保險給付。

綁緊以後，正式上路，雞胗叔說雖然此行一切從簡，但是意思意思還是要燃個炮，問我們準備好沒。亦輝和我互看一眼，有點緊張，可頭都已經洗一半，現在沒有臨陣退縮的道理。將竹棍靠在身上，為防破皮，我們拿登山護膝改成可以穿在肩膀上的護具，如此摩擦整天也不會起水泡。

扛起轎子，真的要出發了，終於有進香的感覺。

雞胗叔將鞭炮丟出的瞬間，小平開始打鑼，別看他還小，打起來扮勢十足，絲毫不輸給大人，勇敢地踩在鞭炮後面。亦輝看他往前走，身體也跟著動，我倒像是跟在母雞身後的小雞，看著他們倆的背影，身體動了，大腦還在暖機，過幾秒才與現實迴路接上。

轎身沉沉地壓在肩膀上，先前只是在武興宮或池巡府前練習走位，原來實際走在路上是這種感覺。

王爺公坐在駕子上威嚴十足，隨著轎身晃動，插在駕前的香煙飄散在空氣中，有如騰雲駕霧。轎身時往左、時往右，我和亦輝就得跟著重心改變，抬轎的時候哪有說話的時間，全神貫注，從池巡府到巷口不過兩百公尺的距離，覺得好像走了一公里之遠，已經汗流浹背。

停在車前，小平幫忙按開後車廂，亦輝先將輦轎的前半身扛進車裡，待他扶住前半部，我再將後半部完全推入，這才算真的神明上車。

「偉誠來，這予你！」雞胗叔扛了一箱水送我們。

「謝了，雞胗叔，我現在滿頭大汗，真的需要補點水分。」

「按呢就喊累，攏還沒開始咧。」

回頭觀望，這條巷子不知走了幾百次，有上下學的時候，也有幫忙進香的時候，沒想到有天會換成我扛神轎。

上車以後，看見大伯站在路邊揮手，我降下車窗打招呼，崇智表哥今日安排家族旅行不便前來，要我保持聯絡隨時拍照分享。

萬事具備，亦輝還不開車，他讓我打開前面抽屜，裡頭有件T-shirt，上面是他親手畫的王爺公Q版圖案，還有我和小平以及他，三個人加一個神手牽手。

「什麼時候畫的？」

「幾天前心血來潮做的，你不是說進香都要穿訂製服，那些顏色太醜了，我乾脆自己畫。怎樣，還滿意嗎？」

「滿意！」

發動車子，亦輝要我們綁上安全帶，南巡進香正式上路！

安排大甲鎮瀾宮當頭一站當然有私心，不是因為它有名，而是廟方近期推出不少媽祖的特別御守，我的蒐集嗜好先前主攻日本，每趟出國旅遊至少帶兩三個回來。這些年，臺灣的廟宇也開始重新設計護身符，結合在地特色，這趟南巡自然不能錯過。

只是千算萬算也沒料到今年媽祖繞境提早自四月九日開始，我們剛好八日出發，勉強算是避開人潮高峰，但可想見現場肯定擠得水洩不通。

再來的行程可完全重疊，只能滾動式修正路線，幸好現在宮廟繞境為了迎合網路世代的喜好，都有現場直播，要掌握情勢只要上粉絲團看就一切明瞭，加上事前聯繫時已告知會調整行程，去之前再打個電話即可。

鎮瀾宮正在準備繞境，出發及回鑾前後不開放宮廟進香，王爺公只好留在車上，我們獨自下車參拜。

抵達臺中還有兩個鐘頭，我催小平睡覺片刻，他五點起床，沒有睡滿八小時，早上很快就耗電完畢，到了鎮瀾宮也差不多精神萎靡。這時間應該在學校上課，好不容易逮到放假，眼睛睜開就想著玩電動，心不甘情不願地放下遊戲機，沒多久後方就傳出打呼聲。

「這個小朋友，要是放著他玩電動，等下又要喊頭暈。」我笑著邊從箱子裡拿出礦泉水，問亦輝需不需要。

「別說他，你也睡吧。」

「那怎麼行，專業的副駕要陪駕駛聊天，而且我也有駕照，你累的話就換我開。」

「靠，切換車道要打方向燈。」

好脾氣的亦輝，只有在開車時會換成另外一個人格，對於那些不遵守交通規則的人，賞個靠或幹這種髒話還算症狀輕微。雖說神職人員應該要謹言慎行，可他就是忍不住發牢騷。

我頭次跟他開車出遊時，當真被這個雙面人格嚇一跳，我猜亦輝平常壓抑久了，車子關起門來就像是另一個次元，可以暫時與外界隔絕，平時需要壓抑的真我也隨之釋放。

如今我已習以為常，小平也見怪不怪，他平常陪我爸看電視也常聽大人指著新聞畫面三字經伺候，當成是跟阿公一樣邊看電視邊抱怨的大人病。我們沿路邊聊，亦輝問我這跟小時候的進香有什麼不同。

我回答他太安靜了，進香團就是假神明進香真旅遊，蕭明基每次都會跟遊覽車司機合作，將滿車香客載到不知名的休息站，下車不只尿尿還要進到會議室聽幾項商品說明，有買有抽佣，賺點零花錢也好。不然就是中途有人上車，賣海苔餅或是號稱跌打損傷都有用的薄荷膏，十分鐘左右又再度下車。

這種遊覽車銷售方式，不只臺灣有，我跟團去到歐洲旅遊時也曾遇過，這些銷售掮客一車一車跑，下車後又要趕著去下一攤，成為另類的旅遊回憶。

這趟我們自己出遊進香，當然沒有這種安排，可總覺得還是少了些什麼。

「你要是嫌太安靜，我們開音樂聽吧。」

「音樂！對，就是音樂！進香就是要唱歌啊，那些上年紀的大哥大姊，一上遊覽車都彷彿歌王歌后附身，一首接著一首唱，兩天一夜唱不停。有時候還會唱到想睡覺的人嫌吵！還有啊，崇智表哥都會帶麻將上車，然後在下車廂直接擺桌開打。」

我從小就是看著這些熱鬧，期待每一次的進香，認真說起來，體質上完全不排斥，只要別讓同學朋友看見我敲鑼打鼓就行，到底該說是我愛面子還是害羞呢？

「我們也來。」

亦輝打開廣播，調到流行樂頻道，結果喇叭流出來的音樂聲都是最新流行的歌曲，不是嘻哈需要瘋狂念字就是抓不到節奏曲調，我們兩個人也都很少聽新歌，已經快變成骨灰級的老人了！

「還是你要手機藍牙連接車子？」

「不同啦，跟著音樂哼跟放伴唱帶自己主唱的感覺完全不一樣，感覺就是不對。」前面出現桃園的標示，出發到現在已經快一小時，我讓他往外線慢慢移動下高速公路。

「幹麼？你內急嗎？」

「內什麼急，早上起床到現在才喝幾口水，別吵，開慢一點，山人自有安排。」

我把GPS導航打開，要他跟著指示走。車子開進市區，快要抵達目的地，一間專賣二手電器的電器行招牌映入眼簾。

「來這幹麼？」他停在店門口，我笑而不答。

我一個人下車，走進這間網路上查到評價不錯，八點開門的二手電器行。老闆對鐵門剛推開就有生意可做，露出一臉財神爺上門的微笑。

我告訴他需求，他笑著指給我看，想不到還真的有，雖然價格比想像中高，可機子的狀況不錯，重點是老闆能幫忙組裝，只要一個半小時就能搞定。

「下車。」

「神神祕祕的，到底要幹麼？」

「去吃個早餐。」

「吃早餐也不用把車子停這，快點說要幹麼，別隨便拿教會的車開玩笑。」

「沒事，只是安裝一台卡拉OK機。」

「什麼機？」不只亦輝驚訝，睡醒的小平也是滿臉我有沒有說錯。

「卡——拉——O——K——機——」我故意把每個字分開說，讓他們聽清楚：「還不明白？這才是臺式進香團該有的元素！」

亦輝看著我面露吃驚之外，噗哧一聲地笑出來，隨即又板起臉說一定要復原，而且不能傷到任何車身。

我特別囑咐老闆安裝千禧年華語流行金曲，像是孫燕姿、張韶涵，待會我要大唱特唱！

老闆只花一小時就安裝完畢，比原來預定時間早半小時，附帶贈送一台小型液晶螢幕，一大本的點歌本，裡頭國臺英日全都有，我熟悉的青春歌曲全都一應俱全，機器加上安裝費只要五千元，簡直物超所值。

上車後，我興奮地點播江蕙的〈家後〉開場，這是我爸的愛曲，婚姻明明不美好，跟我媽詹金珠更是此生不復相見，唱這首歌搞得像是在憐憫自己。

寫這首歌的人是有名詞曲創作者鄭進一，靠著〈家後〉一首紅遍全臺，不知賺進多少權利金，哪像我爸跑路前銀行戶頭還有五、六十萬，跑路回來以後帳戶常見個位數。

當年池巡府的會員多，擲筊爭取正副爐主和頭家的人都要排隊，甚至還會起衝突。會員一多，香油錢自然不少，規模大點的宮廟會成立委員會統一管理，支出都有明細，可池巡府就我爸一人校長兼撞鐘，錢變得公私混用，也種下後來金錢糾紛的因。

我對當年跑路的事印象模糊，當天我爸一早就不見人，看不出翻箱倒櫃過，失蹤第三天，阿嬤跟大伯告訴我他暫時不會回家，要我需要用錢就上樓。

老爸當時在外頭欠不少債，他拿著兩天前剛拿到的會錢跑路，這筆帳後來也是阿嬤幫忙還。地下錢莊的人也上門過兩三次，聽著像是把房子拿去抵押，雖然有王爺公出面，但最後還是靠大伯解定存幫忙還清，把借條贖回。

債務前後加起來超過百萬，蕭明基沒錢償還，想必到現在都還欠著，個中緣由，還有勞崇智表哥當面解謎，說破我爸的荒唐史。

我爸當時發豪語幫王爺公蓋廟，煞有其事在社子島買地，哪知道是買空賣空，錢拿到手轉投資房地產，慘遭套牢。會員發現事有蹊蹺，上門索討捐款，家中又常接到地下錢莊的恐嚇電話，這時已經透出一股不對勁。

就在這時，阿公剛好去世，我爸拿到兩、三百萬的遺產，這都還不夠填錢坑，阿嬤只好去標會，幫這個小兒子擦屁股。人的生活都快過不下去，他又愛面子堅持辦進香，一趟路氣氛烏煙瘴氣。

蓋廟的事聽起來離譜，但我爸對神明應該不敢欺瞞，或許當年真有這個打算，只是財迷心竅，東窗事發後不敢拿那張老臉見王爺公，乾脆逃之夭夭。

只是牛牽到北京還是牛，我爸追求一夜致富也不是一日兩日的事，跑路回來後整日妄想中六合彩頭彩，投注金額之大連地下組頭都不收單，因為組頭說他賭品不好，中獎的話要錢快，可偏偏十賭九輸，輸錢時候躲得連人都見不到。

這些話我都親耳所聞，畢竟房子就這麼大，我爸在後廳跟人講電話，隔著一層甘蔗板的房間牆壁，聽得是一清二楚。

心大能力卻不夠，難怪做什麼生意都失敗，後來經人介紹開貨車，在家的時間雖不穩定，卻是他最刻苦耐勞、辛勤工作的十年。

我唱完〈家後〉，小平嚷著要唱兒歌，不是什麼〈兩隻老虎〉或〈火車快飛〉，而是孫燕姿的〈第一天〉、梁靜茹的〈勇氣〉還有無印良品的〈想見你〉，我在家常聽，他都已經會唱。不知道這些華語歌手，知道自己得過金曲獎的經典歌曲，搖身一變成了哄小孩的兒歌，究竟是何感受？

多虧這台卡拉ＯＫ機，小平終於肯放下電動，陪他老爸高歌一曲。開車的亦輝不能分神，只能看著我們兩父子合唱，苦於無法加入而懊惱。

平日車輛較少，亦輝開台一線，路上也沒遇到車陣，過了通霄再來就是苑裡，接著就是大甲，想來也有好幾年沒好好地逛臺中，最多是搭高鐵直達位於新烏日的臺中站，上完廁所便跳上往日月潭的客運，沒有走進市區，更不用說到其他鄉鎮。

不過，大甲的芋頭倒是吃不少，每逢產季，手搖店便會推出各種以大甲為產地的芋頭延伸物，我打定主意，這趟去一定要順便買些回家。

先前跟著池巡府進香時，也是走到哪買到哪，甚至還為了買當地的農產品，特別請遊覽車繞過去，何況這次自己開車，想來王爺公也不會反對。

「爸比，快到了嗎？」

「快了！」我看GPS導航，差不多再三十分鐘就能到大甲鎮瀾宮外圍：「怎麼了？你尿急？要不要叔叔先找地方讓你解放？」

「不是啦！我有個禮物送你。」

「送我？」

小平長這麼大都還沒送過我禮物，最多生日或父親節寫張卡片，給他的零用錢都存起來買玩具，我很好奇這個禮物從何而來。

「兒子啊，你要送我什麼？不如現在就給我吧！」

「不行，還不行。」

我滿心期待寫在臉上，亦輝要我別抱太大希望，從後照鏡跟小平眼對眼互相竊笑。看他們的反應，我最好不期不待才不會失望越大。可作為一個爸爸，當然希望收到兒子的禮物，就算只是一張卡片也好，有時也希望是個比卡片紙還更有存在感的東西。

車子駛入大甲區，看見農田，我還沒充當植物學家，小平已經指著那些田說芋頭，還有各處都能看見的香蕉以及成為艷麗鮮紅代表的九重葛，低矮的平房、農車、偶爾能見的牛群，我忍不住降下車窗，大口呼吸乾燥爽朗的空氣。

「真的到了耶！」

遠遠的已經能見到大甲鎮瀾宮，為了接下來的繞境，廟方還有當地警方出動大量人力控制車流進出，車子只能停在遙遠的停車場，下車後人再走進去。亦輝左繞右拐終於找到一處路邊停車格。

「兒子，都已經到了，你的禮物呢？」

小平拉開背包，看裡面一眼，又再跟亦輝相視而笑，他們倆感情好我是很高興，可總有點吃味。

「到底是什麼禮物？」

小平竊笑後從包包裡拿出一個厚紙板，波浪狀的瓦楞紙，邊還裁成鋸齒不規則形，確實是比卡片更厚的禮物，但不在我預料內。

「爸比給你，翻過來看！」

他那般熱烈殷切的眼神，說是花了好幾個晚上做的，亦輝還幫忙做剪貼，每日回家都這麼晚了，兩人究竟是何時擠出時間偷偷做這個東西。我翻面，上面寫著「誠徵宮主」四個大字，還畫著王爺公的頭像。

「爸比你看，我幫你穿洞穿繩，可以掛在胸前，這樣看到的人就能立刻報名。」

「喔。」

「這是只有你才有的喔！」小平和亦輝兩人異口同聲，笑得合不攏嘴。

不是吧，真不是我在說，這個牌子、這個美術風格，我覺得比較像……

看旁邊坐在輦轎上的王爺公，不知道祂本人作何感想，小平「好心地」幫我把牌子掛上胸前，開心地拉著我下車，我也不管三七二十一了，既來之則安之吧。

九

繞境

大甲媽相傳是西元一七三〇年時，跟著來臺開墾的湄洲人士林永興一起渡海至當時的大甲堡定居，原先安奉於林家廳堂，後因香火興旺，兩年後遷移於現今所在地正式建廟。不僅歷史悠久，大甲媽繞境被列為國家無形文化資產民俗類重要民俗之一，更是遠近馳名。

為了增強媽祖的靈氣，最初每隔十二年就回湄洲朝天閣進香，後來受交通情況改變，轉往北港朝天宮進香，一九八八年起改成現在的新港奉天宮，沿途經過數個縣市，總徒步距離超過三百公里。

這趟南巡首站從大甲鎮瀾宮開始，最後一站是新港奉天宮，不知該說是王爺公故意還是冥冥中自有安排呢？

繞境還沒開始，可鎮瀾宮已經擠得水洩不通，不少人早搶在昨日就來卡位，甚至有阿伯說他一個禮拜前就在等候，求的就是到時候站在第一排迎接媽祖出巡，偌大的廟埕平日還有淨車的儀式，祈求駕駛上路平安和幫忙化解車險，媽祖即將出巡的緣故，目前暫停服務。

我交代小平去哪都要報告，廟裡到處是人，萬一走丟可就麻煩。想起小時候，阿嬤常警告有人口販子，稍不注意就會被拐走，看著到處貼的尋找失蹤兒的照片，很怕小平也成為其中之一。

亦輝放我們父子倆去燒香參拜，自己一人走走，不論是屋頂上的剪黏藝術，門板上的門神繪畫，各式石雕，還有鎮瀾宮聞名的媽祖文化館，拿起手機拚命拍照，對大甲媽聚集這麼多的人潮感到吃驚。

我本想牽著小平，他嫌丟臉把手甩開，不知是小孩長大了，翅膀硬就不需要老爸，還是終於發現他做的這塊板子很丟臉，不願跟我走在一起，總之不論哪一個，我都非常介意，介意到不行。

其實我小時候也是這種怪脾氣，我爸雖然事事不合格，但小孩就是想要有人陪，不甘寂寞，只是按他那種傳統父親的作派，怎麼肯牽我的手，能讓我拉著他的褲邊就不錯。正因如此，我希望盡量陪伴小平長大，留下一個好榜樣，至少掛著這塊牌子時他能陪我。

人來人往，我終於找到一處地方，足以讓自己安身，好好跟媽祖說話。

上一回來，算算時間，已經是二十年前，久得快要沒有記憶。我跟大甲媽報告這趟南巡目的，雖不知王爺公說已經跟各路神明打好招呼是真是假，但禮多人不怪，要是有下回——呸呸呸！我這個念頭剛出現就即刻把它吹掉，下回要來也應該是新任宮主來才對。

誠心祈求大甲媽保佑這趟南巡平安，順利找到池巡府的繼承人，媽祖和王爺可是島上兩個盛行信仰，大家天上一家親，當然不會眼看著廟倒閉。

拜完後，我帶著小平四處繞，順便找亦輝會合。鎮瀾宮除了媽祖像多，神將團也是赫赫有名，伴駕媽祖的千里眼、順風耳是基本配備，土地公、招財、進寶仙童，少見的彌勒古佛、羅漢和祖師，以及濟公、中壇元帥和玉女，排成一列好不風光。

神將沿路負責伴駕，舞得好不好，外行人一看便知。若是舞得有氣無力，神明也彷彿消風一般，毫無威風可言。有些陣頭則不同，不只是操手有勁，配合步伐，搭配忽快忽慢的速度，神明如活起來般有生命力。

如今這些扛神將的老師傅多數都已經老了，年輕的一代普遍只得到形而未得精神，文化傳承的腳步必須加快才行。我如此憂國憂民，站在神將前仔細琢磨，但是小平不喜歡人多的地方，一股腦地催促我快點移動。

「爸比！」

「小平，你就不能給爸比一點個人的時間與空間嗎？」

「可是很丟臉！」

「丟臉什麼？」

回頭才發現自己擋著廟方工作人員，他們準備請出神將，又不好意思開口，我小聲責備小平有話也不說清楚。他嘟噥著自己明明有說，可我這老臉拉不下，只能不停強調沒聽見。

「可以幫你拍一張嗎？」後面突然冒出聲音，一位拿著相機帶著漁夫帽的年輕人，客氣地詢問。

「拍我？為什麼？」

年輕人指著胸前的牌子，從剛才開始就有不少人側目，但真的來詢問的只有他。既然有緣人上門，我也不客氣，不管他想不想知道，先把事前印好的ＤＭ遞上，上頭還附上我的ＩＧ和ＧＰＳ訊息。

年輕人要我稱他大洋，雲林人，今年二十六歲，特別跟公司請三天假，預計跟著大甲媽走兩天兩夜後再搭乘火車回到臺北上班。大洋這趟沒有回家，連家人都不知道他回中部。知道我到此一遊的原因後，興奮地問我是不是所有人都能參加。

「可以啊，只要你四月十七日到海埔池王府擲筊。」

大洋幫我拍了一張全身照，還有局部特寫掛牌的照片，說要放到粉絲團上宣傳，我們倆交換ＩＧ帳號，粉絲追蹤人數竟然比我還多，已經是個小有名氣的文青網紅。巧的是，他是雲林虎尾人，而虎尾的德興宮正是我們這趟的巡迴點之一。

「我從小給王爺公祖當契囝，念大學後比較少回去，不過身上還是帶著香火袋保平安。」說完便拿出他隨身攜帶的護身符，證明自己所言是真。

「歡迎你來！」

「有空我一定去。」

沒想到才頭一站就有志願者，跟他說再見後，準備帶著小平去找亦輝，這才發現人不見了。

廟裡到處是人，哪裡能馬上找到身高如哈比人的小平。大洋看我一臉著急，知道小孩不見後也幫忙尋找。

「小朋友身上有手機嗎？」

大洋一問，我才想起這件事，果真人急無智，打過去進入語音信箱，這下我更焦慮。

「去服務處，請他廣播！」大洋指著服務處的指標建議。

「好！」

結果還沒走到服務處，我已聽見廣播聲放送我的大名：「請臺北來的香客，蕭偉誠先生，聽到廣播後到服務處，你的小孩走丟爸爸，現在在等你。」

大洋聽得笑出聲音，他說原來不是小孩走丟，而是爸爸走丟，要不是他準備去其他地方拍照再回來，肯定會跟著一起去湊熱鬧。

我謝謝他，這時也顧不上丟臉，找到人要緊，進去服務處看見小平正在吃奶油酥餅，露出一臉甜蜜的微笑，做爸爸的我不知這時該覺得慶幸是圓滿結局，或是把他吊起來打竟然敢沒報備就離開身邊。

「小平！」

「爸比，你看，阿伯請我吃這個！」

我頻頻道謝，說顧著跟人說話沒注意到小孩不見，下次一定注意。一番自我反省的論調，加上胸前這塊板子太過醒目，坐在小平對面木椅上的廟方人員發出爽朗的笑聲，要我別緊張，先坐下來喝杯茶壓壓驚。

小平說剛剛看我跟大洋聊得正起勁，閒著無聊，就自己走開到別處晃晃，剛好林先生回服務處拿車鑰匙，看一個小孩身邊沒大人，招呼他進去坐坐。一問之下才知道跟我走散，手機也丟在車上，正不知如何是好，所以他就熱心地幫忙請人廣播。

「無代誌，伊足乖，問啥講啥，真有膽量。」

「我是覺得他膽子太大，沒帶手機還敢亂跑！」

我作勢手舉起來，掄起拳頭往小平頭尻，他閉起眼睛，縮得像穿山甲似的。等了很久，沒等到拳頭，張開眼，發現我的手輕輕摩擦著他的後腦勺，眼中含淚，反而問我為什麼哭。

「還為什麼，你要是不見怎麼辦，爸比可是很難再找到人願意幫我生小孩！」

林先生說相逢著是有緣，拿出大甲有名的芋頭冰，讓我們吃完再走，看見冰小平眼睛都亮了，沒等我同意就直接伸手，大聲說謝謝。

拿他沒轍，我也客隨主便，接過手，拆開塑膠套，一口咬下，濃厚香滑的芋頭冰，果然是來大甲必吃的美食之一。

林先生順口問起胸口這塊牌子的由來，我把王爺公交代的任務如實告知，這次就不用遞出文宣，畢竟人家堂堂也是鎮瀾宮的委員，光是服務媽祖就沒空，無暇再接一手。

「咱鎮瀾宮是逐家相爭，想欲做還做無呢！」

「池巡府會搞成這樣，我爸要負全責，結果現在父債子償。」

「按呢講來，你也是有孝。」

「可笑的笑，帶著這塊牌子被人恥笑。」

「講按呢，攏嘛是為神明服務。」

林先生說不方便透露太多，不過有些大廟為了爭正統還有委員席拚個你死我活，背後的利益糾葛更複雜，稱讚我有心，放下生意不做，願意為王爺公走這遭。

吃也吃得差不多，不好打擾太久，聊天途中林先生幾次把手機拿起來回訊息，他笑說現在連老人家都要用電子產品，不然被時代淘汰。他看起來沒幾歲，一問今年竟然已經七十，比我爸的年紀還大。

「我看到恁後生就想著我孫仔，伊佇咧臺北食頭路，叫伊遶境轉來鬥相共，講公司愛扣薪水毋敢請。按呢敢會勢，彼大甲媽遶境是大事呢，無疫情的時陣，連國外媒體攏來拍，阮臺灣人家己還無支持。我共伊講，你轉來，扣偌濟薪水阿公攏補予你，拄才講人已經到大甲，愛我去共接。」

原來是孫子回來，怪不得林先生講話時眉開眼笑，只不過算算年紀，他到底什麼時候生小孩，才會有一個已經在上班的第三代？

「你佇咧算我幾歲討新婦諾？」

我一臉不好意思地承認，林先生大方承認二十歲就生大兒子，四十五歲就當人家的阿公，現在已經有兩個孫子一個孫女。

「這算是你們鎮瀾宮的傳統嗎？」

林先生笑稱天機不可洩漏，我看時間也差不多，拉著小平道謝，不管他願不願意，把他的手牽得牢牢，緊到他唱出江蕙的〈甲你攬牢牢〉，逗得對方說他厲害。

「對，囡仔人著是愛學臺語，這是咱的母語，袂當干焦學國語爾爾。」林先生要我們回程如果有空再來坐坐，邊說邊揮手離開。

我一直揮手到看不見他為止才停下，轉頭看著身邊的小平，叮囑他絕對不能再亂跑，想起小時候跟著大伯還有阿嬤去逛燈會，結果貪玩走丟，哭得稀哩嘩啦，後來是哭聲引起圍觀，他們跟著人群才找到人。

大伯問也沒問就打我一巴掌，說要是把我弄丟，要到哪去找個人賠我爸，大伯母也擔心地哽咽起來，最後大家沒有心情逛下去，才提早回家。

我把這段往事告訴小平，他回答知道了，我衷心希望他真的知道這樣做是錯的。

「好了，去找亦輝叔叔吧，不知道跑哪去，剛才廣播這麼大聲，他竟然也無動於衷。」

「我知道他在哪。」

「在哪？」

小平拉著說要帶我去，我讓他走慢點，在鎮瀾宮待得太久了，等我們找到亦輝後，也該準備離開前往下一站。

小平拉著我往廟外跑，亦輝則是兩眼專注盯著廟外牆上的石雕，絲毫沒察覺我們靠近，他說自己太過專心，沒留意廟方的廣播，對剛才發生的人口失蹤案完全未察。

我問他這些有何好看，亦輝反笑我習以為常不知珍惜，感嘆這些石雕或剪黏藝術都是出自大師之手，故事也都引經據典，他邊看邊查就花費不少時間。相較下，金媽祖前好幾雙眼睛盯著，根本無暇好好觀察，加上他對黃金、玉石的東西沒興趣，只覺得是尊雕刻漂亮、做工細緻的藝術品。

「神像不就該有點人氣嗎？把祂放在玻璃裡當成展示品，總覺得有種不食人間煙火的感覺。」亦輝不由得感嘆起來。

「那些神像價值連城，自然要小心伺候。」

「隨口胡謅而已，倒是我們在這裡待的太久，是不是該走了？」

不過站在這邊片刻，廟埕人已經多得快無法保持安全社交距離，恐怕等到要出發時，整個大甲鎮都會陷入交通癱瘓的局面，還是早早離開的好。

「護身符買好沒？」亦輝怕我忘記專程提醒。

剛才顧著找小平，差點忘記這趟來鎮瀾宮的重大任務，交代他們兩人站在原地等，我去去就回。

販賣護身符的櫃檯被擠得水泄不通，大家都爭著要買皮革製的款式，有些甚至已經售罄，連補貨都要等一個禮拜。我不管三七二十一，現場有的要了就結帳，至於沒買到的，之後再看看吧，現在只想趕快遠離人群，遠離人滿為患的現場。

已經千叮嚀萬交代等我回來，兩人還是離開原地，不見蹤影。打給亦輝，說正在對面的草蓆店挑選草帽。我過去跟他們會合，兩人都各挑好一頂，也給我來個伴手禮。

「你的頭大，可能要這頂才合適。」

「你頭才大，我……。」

頭大不爭氣，帽子還真的戴不下，只好選旁邊更大頭圍的，真是大頭大頭下雨不愁。

「買這幹麼？」

「叔叔說裝酷啊！」小平做出《航海王》魯夫的動作，揮出橡膠拳，一個人跑來跑去，假裝手可以伸長縮短，玩得不亦樂乎，渾然已經忘記剛才走丟的事情。

「別跑太遠，知道嗎？」我朝著他背影吼叫，嚇得路人也回頭看。

「好！」

亦輝說剛才看見一群人戴草帽，感覺很涼爽，於是被招牌吸引，老闆又熱情招呼，才變成不買不行的局面。

他這人就是耳根子軟，明明店家是隨口招呼，看了不買也不會死，但總是礙於臉皮薄，加減光顧之下，家裡常常就會多出不少用不到又覺得丟掉可惜的東西，當之無愧的雞肋。

「問你，帽子上貼著紙符，那是要幹麼？」

「有的是為了區別廟方工作人員或一般民眾，也有一說是驅邪鎮煞。」

「我們也需要嗎？」

「我們？貼符幹麼？」

亦輝笑說我們這趟也是為神明服務，人少歸少，可是三人也能成虎，總可以貼上神符，讓人家知道這是正式出巡。

我回答這時候去哪裡找池巡府的符，符紙上面不只寫著籙文還得蓋上神明的章印，可不是隨便畫個像符的東西就行。

亦輝從包包裡拿出三張符，上面蓋著鎮瀾宮的章印，我笑說拿媽祖的符紙充當好像有李代桃僵的嫌疑。

「有什麼關係？天上神佛一家親，大不了我們去每間廟都拿符紙貼，這樣就不只一家，而是百家。」

「你認真？」

「認真！做戲就要做足！」

旁邊的老闆聽我們對話，鼓吹要是想做整套戲，那就得連草鞋和衣服都一起買。最後我們婉拒他的好意，只能說生意人真是嗅覺敏銳，知道有錢賺，馬上湊過來。

不過關於貼符的事，我說不過亦輝，只好順從照辦，跟老闆借來白膠，將符紙貼在草帽上。小平覺得有趣，戴上後要我幫他拍一張照，也幫我們兩人拍一張，最後再來張合照。都差點忘記，他這趟帶著相機，如此還真的有遊歷的感覺。

「走吧。」我說。

「去哪？」

「松柏嶺啊！」

既然在臺中，我們決定先橫切到南投，走一趟我爸當年跑路被發現的事發地點：松柏嶺受天宮，已經預約廟方的香客大樓，預計在那裡過一夜。

「都中午了，還是先吃飯吧。」亦輝提議。

「說得也是，已經下午一點多，小平怎麼都沒喊餓？」

「他吃下一整塊奶油酥餅當然不餓，我可是等你們父子等到胃痛！」

「行，讓我請你們吃……。」

我回頭問老闆附近有什麼好吃的，他推薦市場附近一間麵食，說是當地人才會去吃。但是大概怕我們聽完他的介紹之後滿心期待，講完了又再三提醒，真的只是很普通的小吃攤。

「小平，走吧。」我看見他又在跟空氣說話：「你在跟誰說話？」

「土地公公啊，長得跟我們家的不同，臉比較寬，鬍鬚比較多。」

亦輝對他的這種童言童語，一向都沒反應，他不信這些東西，只信聖經的教誨，鬼神之類的包括耶穌的神蹟，除非是他親身經驗，都認為是個人主觀感受，穿鑿附會居多。

我湊到他身邊，問他意見：「我需要帶小平去關天眼嗎？」

「我怎麼知道，我又看不見。」

說到這種事，我可是經驗豐富，八字只有三兩二的我，雖然有三太子幫忙顧著，但祂玩得比我還瘋，還會跑到不見神影。

雖然五歲以前的事情已經忘得差不多，但多虧阿嬤幫我重建記憶，我才知道自己也經常對著空氣講話，理由一下是三太子找我玩，一下是有飛頭飄過，有段時間晚上天天哭，說有不認識的人進房間，穿著像牆上阿太的衣服，對著我指手畫腳。

後來被阿嬤抓去收驚，說是祖先回來探望，還特別燒香請祂們回來遠遠的看就好，不要嚇到小孩。

阿嬤帶我去關天眼，請示神明的意思後，囑咐十歲以前要一直配戴護身符，還得每三個月回去一次，直到我天靈蓋關起來為止。

雞胗叔說，像我這種都是帶天命，最好還是修行，就算不為神明服務，也當是保護自己。可是從小的經驗，讓我覺得是認真不想碰任何宮廟的事，奈何我現在走在大甲的街上，好像越是不想就越是物極必反。

「順其自然吧。」亦輝說。

「說的也是！小平，給我回來，過頭了！」

「喔！」

第一站大甲鎮瀾宮完成，想到後面還有二十三站，我好像有點力不從心……

十

父親

玄天上帝，民間又稱上帝爺公，壽辰是農曆三月初三，好巧不巧，我們這趟出門，除了遇到大甲鎮瀾宮媽祖繞境，同時也是上帝爺公的生日。受天宮一年接待四千到六千個團體，其中神明生日前後的三個月，可說是進香高峰期。

好險我們不是挑生日當天也不是假日來，香客相比算少，下午快四點，現場只剩幾輛遊覽車和專門負責載陣頭的聯結車，從遍地的鞭炮灰看來，可以想見剛才有多熱鬧。

受天宮位於南投名間鄉，海拔高度四四〇公尺，名間鄉盛產茶葉，天氣好的時候站在高處俯瞰，有種藐視人間的感覺。

記憶中上次來，崇智表哥大清早帶著我走步道，沒出發就汗流浹背。我爸前一晚酒醉，兵馬都已拔營，他還在房間叫不醒，滿天神佛等他一個，要不是宮裡其他長輩幫忙，怕是除了神佛之外，還要讓隨團的香客看笑話了。

今晚住香客大樓，既然都來了，拍個照順便遊山玩水的行程免不了。

車子停好，我叫醒小平，他揉著眼睛說再睡十分鐘，我要他看看外面，小眼睛睜開才驚覺已在山中，剛才一路飆車加速，他竟能毫無知覺還發出如熊般的打呼聲。

我讓他趕緊下車，陣頭可不能缺少敲鑼打鼓的報馬仔，這次把王爺公請下車，再留祂一神獨守空車，怕是會雷霆震怒。

小平點香，跟王爺公報告一聲，免得祂顧著遊歷靈穴，忘記跟上。

相傳受天宮的廟址位在龜蛇靈穴上，由玉皇大帝親自挑選，並派出兩名石將軍：看天、觀地負責看守地理，直到時機對才建廟。而這龜蛇也正是上帝爺公的兩大隨從，原本都是天地間化出的妖精，如今也都修練得道。

我問他們準備好沒，亦輝說沒有問題，小平裝模作樣地在脖子上綁毛巾，一副經驗老道的模樣。我深吸口氣，這麼久沒參加進香，更遑論是扛輦轎，即使出發前一練再練，還是有些緊張。

小平敲鑼，循序有度的鑼聲，吸引周圍店家還有遊客的注意，顧不得他們好奇的目光，我配合前面亦輝的步伐，踏上通往受天宮的步行大街。

來此香客多數是信仰上帝爺公的信徒，也不乏陣頭子弟，我們人雖然少，但好歹還算是個隊伍，大家聽到小平的鑼聲就自動退開兩旁，讓我們前進。

「偉誠。」

「什麼事？」

「你覺不覺得這轎晃得有點厲害？」

剛才起，輦轎就開始上下大力搖晃，原本亦輝和我還配合得上，可這麼激烈晃動，即便肩膀早做好防護措施，還是有些吃不消。我心中暗請王爺公別太高興，否則何時控制不住把祂摔下去，恐怕會成落鼻祖師。

不知是這個話有用，還是我們心理作用，還真有點管用，晃歸晃卻配合我們的腳步，不覺間變成走罡步。我懂得一點皮毛也就算了，可亦輝是個外行，竟然毫不生疏，這才奇怪。

一百公尺後，終於看見掛在三川殿上方題著受天宮三個大字的橫匾，一位穿著廟方工作人員背心的大哥看我們靠近，趕快衝出來放鞭炮。

小平不閃不懼，直接從鞭炮上頭跳過去，繼續敲他的鑼，惹得大家哈哈大笑。我是最怕鞭炮的，這時又不能丟下輦轎跑走，只好硬著頭皮直接跑去。

好險啊，鞭炮只有一小串，甚至連心裡的尖叫聲都來不及發出就已經炸完。

亦輝按照劉叔叔教的衝向廟門，這可是重頭戲，萬一失敗，我們就是當場丟臉。快到廟門前煞車，我倆同時空中轉身，前後互換，往後衝幾步，煞住，再次轉身，再往前衝。三進三退後，可說是功德圓滿，終於能夠送神進廟。

我拿出紅紙，請小平先進廟知會，趁這個空檔將輦轎卸在地上，再幫王爺公解帶。

「歡迎臺北市鯤鯓池巡府進香參拜。」

服務處的廣播聲搭配著進廟的鐘鼓聲，我抱著王爺公，等亦輝站定位後，將神明過天公爐再請進廟中，一路三個人輪流喊「入喔」，直到安座在客神的大桌。

小平爭著要將參香認證的紅布條親手綁在王爺公身上，我讓他千萬小心，這可是今天的頭一條紅彩，頭一日雙廟完成，可後面還有剩下的二十二間，我向王爺公祈求，希望日後都能平安順利。

將小平哄上床，確認他睡著後，我和亦輝溜出房外，雖不能跑太遠，可這時間總想要去哪走走，畢竟後面還有一整個禮拜的時間要朝夕相處，難得有兩人時光，當然要好好把握。

晚上七點多，大街上的攤販商店大多休息，只餘幾間生意加減做，顧店當消遣。夜宿的其他香客，則是早早備好小菜和啤酒，坐在香客大樓前暢飲作樂，可謂最樂。

過幾天就是上帝爺公生日，廟前已經搭好戲臺，提早上演祝壽的戲碼。

說到這個，小時候不懂事，跟著阿嬤去保安宮看百家戲，人矮自然往前站，巴著戲臺不肯放，總被大人趕到一邊，說戲是唱給神明看，中間最重要的位置必須讓出來。年紀小不懂事，越是不能做的越要犯忌，哪知長大後，連轉頭看一眼都意興闌珊。

看戲的多數都是上年紀的長輩，他們帶著小椅凳來，自己找位子坐下。祝壽的戲碼不是演八仙祝壽就是王母蟠桃宴。上回新聞有報，嘉義縣六腳鄉灣內公館娘媽每逢聖誕，同時上演數百場野臺戲，一演就是兩個禮拜，信徒還願可說是毫不手軟。

亦輝站在戲臺前看得入神，專心地連手機震動都沒察覺，我幫他接，原來是老陳牧師，他認出是我的聲音。

「偉誠嗎？」

「伯父好。」

老陳牧師雖然接受亦輝喜歡男人的事實，聚會所也歡迎同志前往，可對我這位「男朋友」敵意十足，大概覺得我將他兒子從直男的生活圈拐走，強硬掰彎，每回說話語氣總特別冷漠。也不知得花多久時間我才能將他春風化雨，等走到那一步，大概才有機會談結婚規畫。

亦輝跟老陳牧師的感情相當好，就算再叛逆，也斷不可能為了跟我結婚而與父親決裂，何況我也不想演變成非你死就是我活的局面。

「他在——」亦輝擺著手表示不接，我只好推說人正在洗澡：「伯父有事的話，我請他回電。」

「不用了，整天打十幾通電話，他都沒回，不知道忙什麼？」

亦輝確實整日都沒拿手機出來，可他平常就只有必要時才打電話或傳訊息，我以為一切正常。

「你讓他好好想想吧。」

平時就算再不喜歡，老陳牧師還是會維持客氣的模樣，可今日連聲晚安再見都沒說就掛斷電話，不知父子倆出什麼事。亦輝這個人強逼也沒用，他要是想說自然會說，我不動聲色，把手機遞還給他，連句話也不敢問。

「去裡面走走，我還挺想見見『看天』、『觀地』兩位石將軍。」亦輝提議。

「好。」

正殿玄天上帝，最早只有大祖、二祖、三祖，據說是上帝爺公親自化身成白髮老翁到鹿港找師傅雕刻，如今還有四祖，每位都有專精：風水地理、醫藥、除魔各有所長。陪祀神有福德正神、太歲、石將軍、龜蛇將軍及先人建廟有貢獻的福祿牌位。

看天、觀地兩尊石將軍外型十分可愛，要是不說還會以為是佛寺裡面的小菩薩或地藏。長年香煙薰陶的關係，身上熏得無一處白。亦輝笑說不知神明會不會懷念一身乾淨的模樣，還是喜歡信徒為祂們精心打扮的一〇九辣妹妝。

我說，要是神明有靈，今晚定會來把他的臉塗黑，親身體驗黑面的感覺。

亦輝不管見著什麼都有興趣，活生生把我當成宗教小百科，見到太歲還問今年需不需要點太歲燈，他小我一歲，屬兔，要點也得再等兩年才輪得到。倒是我屬虎，明年犯太歲，怕是要先未雨綢繆。

現在點太歲燈，甚至不用出門，網路上填個資料刷卡即成，廟方會自動將收據寄到家中，再找個時間到附近的金爐化掉即可。我是沒這個習慣，好歹池巡府還開著，每年都有請法師安太歲和送神，即使沒有正偏沖，加減點個光明燈。家裡開宮廟，只有這個時候覺得方便。

裡外逛一圈後，亦輝和我坐在虎門外的階梯，我問他要是肚子餓，可以開車下山買消夜吃。

「今晚吃的平安宴怕是不合你平常清淡的胃口，只嘗一點就說吃飽了。」

「當減肥吧，外面的食物口味重，而且我怕小平睡醒找不到人。」

抬頭看見天上的星星，雖然有光害，還是看得比臺北清楚，趁這個機會，我開口問他為何跟老陳牧師吵架，是不是出來進香的緣故。

「不是，我說跟你出門，沒有提到進香。」

「那是為什麼？」

亦輝沉默片刻才答：「我爸介紹同是基督徒的同志給我認識。」

我噗哧笑出聲，虧說聚會所出入的同志還不夠多，竟然有需要老陳牧師特別介紹。

「對方也是牧師的兒子，他覺得這樣比較有話聊，至少——」

「至少什麼？」

「我們都是基督的信徒。」

我知道有些教徒非教友不嫁，但沒想到老陳牧師也有這番計較，算是解開我心中覺得格格不入的原因。

「一直以來，你爸都是因為這個原因排斥我嗎？」

「嗯。」

「那你怎麼想？」

「我認為宗教信仰是自由的。」

「可是你爸那邊，不可能接受這個回答。」

「我已經拒絕，其實對方也有男友，我們都是被迫。」

亦輝說，老陳牧師願意接受同志，算是很大的讓步，所以能讓他高興的話，願意做任何事彌補一名兒子對父親的虧欠。

「我明白，同志是天生的，照理說不用有任何道歉。不過，站在一名父親的角度，他願意接受這個事實，已經是很大的努力。我跟他終究是父子，他有作為父親對兒子的期許，我也有作為兒子需要照顧的眉角。雖說感情事不能勉強，但還是顧著雙方家長的面子，跟對方見過幾次面。」

「所以，他對這件事有期待。」

「就讓它自然地塵埃落定吧，對方已經準備跟男友結婚登記，而我有你和小平。」

我正打算說些什麼就聽見小平下樓叫喚我們的聲音，哭的一把鼻涕一把眼淚，都已經國小二年級了還是膽子小，見不到人就嚎啕大哭。

「小平，這裡。」我揮手叫他。

「爸比！」

亦輝笑著說這下全棟樓的人恐怕都知道你把小孩丟在房裡，我笑著說這也沒辦法，當著滿天神佛的面親他嘴唇，發乎於情僅止於禮，然而光是這樣就足以讓我期待回家親熱的時光。

清早起床，帶著小平走健行步道，繞受天宮一圈，走得上氣不接下氣，嘴上不承認可終究年齡漸長是事實。

小平倒好，睡飽當然有體力，身輕如燕。我一整晚被他的無影腳踢得沒一刻好睡，經此一夜學到教訓，今晚他自己一張床，看要三百六十度旋轉或是半夜起床隔山打牛都沒問題。

說來也是自找麻煩，知道亦輝接受老陳牧師安排，跟陌生男人見面約會，即便明白雙方都是被迫相親，可我被瞞在鼓裡，以為他是教會有活動，前些日子才常不在家。如今知道另有隱情，心中還是妒火中燒，把他趕去隔壁床。

下場是我自己整晚沒睡好，今日又是一樣在外跑，年過三十果真不能欠睡眠債。

等我們回到香客大樓，團體出遊的香客，已經用完早膳，剩下我們零星兩桌散客來得三三兩兩。

一般進香趕行程，最晚八點半前出發，陣頭一多，大家輪流使用廟埕：拔營、拜廟、上車離開，每個動作都一氣呵成。

今天禮拜五，雖然不是假日，但再拖下去，怕要遇到上山踏青參拜的散客，以及一車車從各縣市來的進香團。上帝爺公聖誕日將近，人只會多不會少。果不其然，輪到我們接近九點要離開時，停車場正駛入幾輛遊覽車，一團五車，陣容龐大。

亦輝帶著小平去廟中將王爺公請出，小心為神明繫上繩子固定在轎上，一名基督徒願意做到這種程度，我由衷感謝能有他的支持。

只是想到基督兩字我就生氣，都什麼年代，老陳牧師還有這種門當戶對的概念，亦輝也順從他爸，一次不拒絕，後面只會後患無窮。

非基督徒不嫁，非素食者不娶，非碩士學歷不交往，交友條件五花八門，那些我聽聞過的不婚不娶的理由，仍然是不成文的規定。

結婚不就是兩名真心相愛的人在一起，結果連宗教信仰、經濟條件和學歷背景都得一一核對，更沒想到我也會遇到這種事。

同志圈也流行各種不同的篩選條件，肌肉、財力、外貌、年紀無一不是考慮，自己人關起門來互相排擠，對外的時候又稱是同陣線的戰友，宛如《如懿傳》裡的嘉貴妃說：「大家姊姊妹妹地稱呼，可心裡有多汙穢，只有自己知道。」真不愧是勸世良言。

亦輝綁好王爺公後，輪到我們行禮拜廟、上車，今天一整天都要在雲林移動，頭一站是明聖宮、再來是南天府、安西府，最後在麥寮拱範宮過一晚。

車子即將發動，小平喊肚子痛要上廁所，只好在停車場等他。看他捧著腹部衝刺的模樣，八成是早上豆漿喝多，腸胃受不住。

我本想陪同，他堅持不肯，說自己已經長大，一時真不知道昨晚睡到一半醒來痛哭流涕找爸爸的到底是誰。

兩個大人等在車上，亦輝左手握著方向盤，右手設定導航，問說要不要下山時去一趟竹山紫南宮。我回答那裡時時人滿為患，今天也不用說。

「想去就去，你不是一直嚷著想買地瓜，開車過去三十分鐘，時間也算寬裕。」

「明明是你想去看金雞母。」

亦輝笑著說昨天看了龜蛇，今天去賞金雞，他很好奇這趟南巡可以蒐集多少動物。

「這些都是其次，你看不出我正在生你氣嗎？」結果還是我自己沉不住氣，本想等他開口求和。

「我知道，可是不知道你氣什麼。」

亦輝的這種知之為知之不知為不知的精神，即使兩人吵架也正常發揮。初交往時還當他是故意裝不明白，相處久才明白他是真的不知道，可我還是希望他猜，哪怕錯一百次，說對一次也好。

他聽完我的理由，彎腰九十度鞠躬道歉求我原諒，牽起我的手，跟他一起誦念經文：「你必按古時起誓應許我們列祖的話，向雅各發誠實，向亞伯拉罕施慈愛。

「這段話意思是世間沒有完人，我們都會犯錯，但只要本著初心真誠認錯，先知都願意賜福。」

我聽過多次，早就已經會背。每回吵架，亦輝都定會複誦彌迦書這段經文，他的聲音搭配手撫著胸的動作，總讓人氣消。

「不用啦，也不是真的生氣，只是心裡怪怪的，很多不好的想法冒出。」

「例如說？」

「例如你會不會愛上對方，只是還沒到開口分手的地步？」

亦輝笑著說這怎麼可能，姑且不論對方的長相外表是不是他喜歡的，光憑情感潔癖這點就不允許。

「你原諒我？」

「沒什麼原不原諒，又不是你的錯。」

「好。」他就是這種個性，有話直說。

小平像是算好時間回到車上，總之不論是生理或心理，大人和小孩都把問題解決了，接下來就是繼續旅行。

告訴小平要去紫南宮，他特別高興，嚷著要看土地婆。臺北福德祠雖然偶爾能見到土地婆的身影，可土地婆還是以南部居多。

相傳土地婆對女婿精挑細選，認為若人人都有錢就沒人會來娶祂的女兒，所以不像土地公隨和人人散財，聲望有點受影響。但要是祈求夫妻和樂，拜祂準沒錯，保證丈夫會是個妻管嚴的好好先生，瞧土地公從沒傳出緋聞就能得知。

對我而言，去哪都好，反正名廟何時去都是信徒滿滿，只不過得委屈王爺公先在車上等，我們去去就回。竹山有名的是地瓜，又是個能放的蔬果，到時順便買一兩袋回去臺北。

我問小平要不要唱歌，他點了，卻是意料之外，小學二年級的國小生竟然知道李炳輝的〈晚頭仔水蛙〉，這肯定是我爸教的，他是金門王和李炳輝的歌迷，當年為了一首〈流浪到淡水〉，每個週末都去報到。

再會受天宮，感謝玄天上帝當年讓崇智表哥發現我爸的蹤影，才會有今天的南巡，但是到目前為止只蒐集到一位廟公候選人，接下來還得繼續努力。

十一 母親

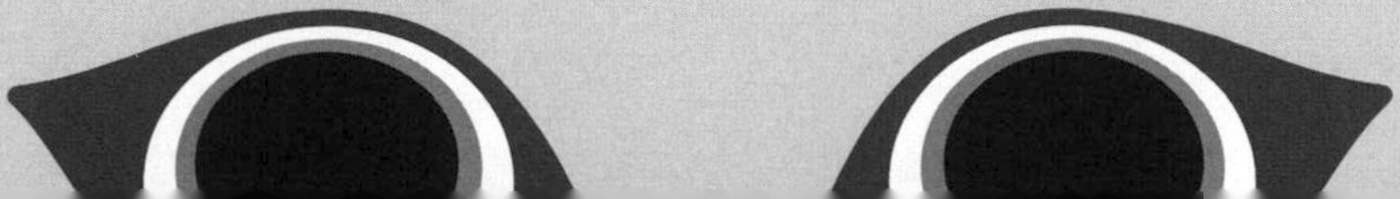

拜完土地公，離開竹山，路上經過甕仔雞店，不免俗地帶隻雞上路，直到上交流道以前，竹山路上無處不飄著炭火烤雞的味道，叫人不食指大動也難。

小平嚷著說雞應該讓王爺公先吃，裝模作樣地捧在手上，裝成獻禮的模樣，嘴裡念念有詞，將我平常祭拜祝禱的模樣，學得十成十的像。身為人父不落人後，雙手合十，祈求神明保佑多幾位競爭者，順便消遣祂搞得勞師動眾，亦輝說我膽大包天，可我有什麼不敢，來都來了，就算念幾句又如何。

小平拿起歌本點歌，繼〈水蛙〉之後，連續幾首都是詹雅雯、黃乙玲甚至還有黃安的〈新鴛鴦蝴蝶夢〉，電視台的重播害人不淺，《包青天》的片尾曲時隔這麼久，仍然在小學生間傳唱。除了這些經典老歌，還點了披頭四的〈黃色潛水艇〉。

「Yellow Submarine, Yellow Submarin——」

「小平，爸比打算三年級時讓你去學英語。」

今年暑假以後，小平也準備升三年級。

「一定要嗎？」聽到連半天課的時間都要去補習，小平唱到一半的歌只剩伴唱帶的背景音。

「爸比是這麼打算，你覺得呢？」

英語和珠算是我唯二堅持要學，掌握這兩個科目就等於掌握高分關鍵，這是我依據求學經驗得到的結論。

「那我可以去上學校附近那間嗎？阿桐也在那邊補習，我們可以一起去。」

「好！等回臺北，我就去安排。」

感謝阿桐的助攻得分，小平沒有極力抵抗，真是謝天謝地。

不久後，車子開上交流道，從竹山到雲林臺西差不多一小時的車程。

雲林臺西最早叫海口，因應主政者希望五角齊全，又正好它的位置在臺灣西海岸的中間，所以改名為臺西。居民多半從事養殖漁業，可如今人口外流，留下來的多數是老年或幼年人口。

池巡府的魁星爺請自臺西明聖宮魁星祖廟，近期以全臺灣最大的魁星爺神像而聞名，從前跟我爸去的時候，摸完魁星筆還有鰲頭就沒事做，只能乾等時間過去。

魁星爺是五文昌之一，跟文昌帝君、關聖帝君、孚佑帝君、朱衣帝君一起奉祀，堪稱是F5的明星陣容，加上保佑考試順利，可說是神明界長期的網紅，只要考試制度不滅，永遠都會受歡迎和崇拜。

二十年前的我應該沒料到有天會當爸爸，操心兒女課業，且絕對不能讓他亂講話。兒時一句不懂事的話，得罪魁星爺，那年的指考成績慘遭滑鐵盧，勉強才保住一席市立高中的門票。升大學時不再鐵齒，三餐拜、日夜問候，終於金榜題名。

現在講這些或許太早，可老一輩的總說小孩長得快，一眨眼十幾年過去，我作為父母總要未雨綢繆，現在就開始抱佛腿，培養感情。

說來好笑，小平懂事前常將魁星爺看成千里眼，讓我都不禁得擔心視力有沒有問題。

魁星爺以踢斗站姿聞名，右手持朱筆點功名，左手持墨斗，單腳站立在龍王第九子鰲魚身上，許多書法家將此意象轉成墨寶，呈現出一氣呵成的氣勢，如何也不可能看成遠望的千里眼將軍。

西半部的好天氣，反映在它日漸乾涸的溪流，經過斗六、斗南，前面就是土庫、東勢，不久後抵達目的地。

我千萬叮嚀小平用心參拜，他卻開始給我喊餓，嚷著想吃飯，最後只好先拔甕仔雞的雞腿給他祭五臟廟，王爺公大概也已吃飽喝足，輪到我們享用。

看著外頭的大太陽，還沒下車已能感覺到外頭的炎熱，遠遠地已能看見閃著金光的魁星爺在呼喚我們，算起來這是今天的第二站，後面還有三間廟呢。

抵達明聖宮，停車場已有幾輛遊覽車，廟埕一半搭著塑膠棚，兩團香客正在用平安餐。從前池巡府抵達這邊都已是午後，最多用點仙草冰和涼水便走。

多虧昨天經驗，今天抬轎進廟已經進入SOP的流程，每一步都有品質控管，加上從廟埕進到廟裡不到十分鐘就搞定，轉眼已經插好香，連王爺公身上的紅彩都一次搞定。

幾名香客對招攬宮主的事很感興趣，我向他們解釋緣由，亦輝和小平趁機手牽手在附近閒逛，把我一人拋下。我總有在別人地盤搶生意的感覺，可這都是王爺公的主意，小的無辜受害，都還沒申請補助呢！

離開明聖宮，再來是五條港安西府和南天府，廟與廟間的距離非常近，屁股還沒坐熱就準備下車。這一帶近海，空氣聞得見海水的鹹臭味，假日的海水浴場也有零星遊客。出門前，亦輝提醒我們帶泳具，可三人中只有他會游泳，我們父子倆都是旱鴨子，且小平有潔癖，上回帶他去北海岸白沙灣，每半小時就要沖次身體，西半部正在缺水，一滴一泉得來不易，還是不去湊熱鬧，以免徒然浪費寶貴的淡水資源。

南天府過去每年平安王宴，都會派人北上恭賀，可這幾年我爸性子懶，加上好久沒南下參香，已有好幾年沒消息。南巡前打電話聯繫，想不到以前認識的幾位長輩，一兩年來都已駕鶴西歸，不過接任的宮廟主委還是非常歡迎我們前往。

等待香燒完的時間，順便在附近的全聯採買零食，車上還有一箱礦泉水，暫時不需補給。短暫停留後，接著前往安西府。

五條港安西府是全臺張李莫府三千歲的總廟，其中張府千歲是史書上有名的張巡，唐朝時負責守護睢陽，僅以少量兵力抵抗安祿山的軍隊，寧死不從，另兩位千歲也都是史書上找得到的人。

而說到張李莫府三千歲，最有名的神蹟還是轟動於民國四、五〇年代的借屍還魂事件，已死的金門人朱秀華借麥寮人吳林罔腰的身體還魂，後來為報答神明恩情，主持麥寮鎮東宮的宮務，其真人真事甚至翻拍成電視劇。

車上講這段故事時，小平的眼睛如小兔般發亮，他跟我一樣喜歡聽這些神鬼傳說。

亦輝笑我言行矛盾，討厭被看成宮廟長大的小孩，講話卻三句不離鬼神，搞不懂我是討厭還是拉不下臉承認。我辯解有討厭的部分也有喜歡的部分，事情不能以一言貫之，可不知道為什麼，我解釋起來總有種心虛的感覺。

趁著亦輝帶著小平去服務處繳香油錢，我拿出手機更新社群平台，出發前貼出扛轎的照片，積累十幾則粉絲留言，一一回覆，上傳昨天松柏嶺的照片，打上人間仙境四個字，似乎也頗合情合理。

小平回來後，拉著我往別處跑，安西府打造不少人造設施，魚池、庭院應有盡有，鳳凰城裡頭還有張巡當年死守城池的壁畫。玩得正開心，一通電話進來，號碼是我哥，可接通後卻是我媽的聲音。

「你把小平帶去哪？」詹金珠開口就是孫子，跟我爸如出一轍。

「帶他到南部走走。」

「走走？進香就進香，事情你哥都告訴我了，跟你爸一樣。」

我千叮嚀萬交代他千萬別說溜嘴，結果消息還是曝光：「我不是交代他別說嗎？」

「他不說，我也會知道，我有追蹤動態。」

我媽竟然開小號追蹤我，拜演算法所賜，更新越頻繁，訊息自動頭條顯示，以她的聰明才智前後推演得出這個結論也不意外。

「你說我跟爸一樣，這話什麼意思？」

「別讓他碰宮廟的事，這對未來人生規畫不好，知道嗎？」顧左右而言之，我媽就是這點不好，才會跟我爸常吵架。

「所以我從小跟爸一起長大，幫忙宮廟的事，我也不好？」我這就叫找架吵，又是講電話，就算有第三方想要緩和也沒得插嘴：「沉默就當妳默認，小平我自己會教，宮廟沒有不好，我也念完大學，供得起他衣食無虞的生活。」

「可你離婚，一個不正常的家能給小孩多好的教育？」

「你跟老爸也離婚，難不成我們現在活在平行時空嗎？」

我跟我媽兩人吵得不可開交，亦輝過來奪走電話果斷掛掉，提醒我小平人就在旁邊，說什麼話都要特別小心。

「爸比，你在哭嗎？」小平不確定地問我。

「沒事，爸比只是被燃金紙的煙熏著眼睛。」

有什麼好哭的！我媽離開時我才三歲，不知道什麼是離別，爸媽離婚經過也都是聽阿嬤說的，長大後是我自己不願求和，現在為什麼會覺得難過呢？

眼淚流下來時發現，其實自己只是不甘心罷了。我爸跑路也好，我媽選擇我哥也罷，他們都讓我有遭到大人拋棄的錯愕。說是為我好，替我著想，其實我寧願與他們一起過苦日子，也不想要孤單一人，只是沒人問過我的想法，因為我還小，不能自己做主。

「爸比明明在哭，為什麼說沒有？」

我回頭看小平，他的臉上寫著擔心二字，明明不關他的事卻是做錯事的表情，看得我有點心虛。好在亦輝剛才及時阻止，否則當著小孩的面吵架，就算現在沒問，心裡也會記住。

「沒事啦，我跟阿嬤講話都這樣啊，口氣比較不好。」我擦掉眼眶上的淚水，強裝微笑。

「不是為了我吵架吼？」

我搔搔他的後腦勺，安慰小平想太多了。

「幸好！莫莫的爸媽最近離婚，他媽媽說都是因為他的關係，爸爸才會外遇，每天來學校上課都趴在桌上哭到老師來。剛才你跟阿嬤講到媽媽，我還以為是因為我害你們吵架才會分開。」

亦輝跟我面面相覷，小孩雖然小，其實比大人想像中還聰明。既然如此，不管他聽不聽得懂，今天都得說個分明才行。話都既然講了，妹妹的事情也不再隱瞞，雖然暫時見不了面，還是能先看照片。

小平知道自己還有個妹妹，高興得合不攏嘴，本來以為他喜歡當獨生子，原來心裡面也嚮往當哥哥，我自覺先前隱瞞實情有點殘忍，應該更早告訴他的。

「小平，爸爸答應你，以後跟阿嬤說話不會再用這麼兇的口氣。」

「打勾勾。」

看見他臉上露出笑容，我終於放心。

離開安西府時，發生小插曲，我走路沒注意，腳絆到阻攔汽車進入的車擋基座，差點連人帶轎摔出去，幸好亦輝撐住，若是兩個人都沒抓穩，恐怕發生慘案。這個不小心，連圍觀的民眾都尖叫聲連連，過來幫忙，即使確認沒受傷，還是跟著我們走回車邊，親眼見到輦轎上車才安心。

我對著大家道謝，其中一對中年夫妻抱著小孩，見到胸口掛的牌子，說它簡直像遶境時會看見的風雨免朝的木牌，在知曉事情始末後更為興奮。

「那天阮拄好欲轉去新營後頭厝，到時順紲去共你們讚聲加油！」先生手中叼著菸，說話帶著特別的臺語腔調。

「到時見。」

我沒什麼心情，隨口敷衍，不想他們這麼熱情，把剛買的玉米和香腸送給我們當下午茶。幾經推辭也無法拒絕，只好收下。

回到車上，亦輝問我腳有沒有扭傷，我說沒事，他還是伸手自己確認，四處敲槌，確認我沒逞強才安心。

我將剛收到的食物分給他們，時間也快五點，中餐在明聖宮往南天府路上隨便找間麵攤解決，口味不合，小平吃幾口就擱在桌上，現在肚子餓了，拿到香腸就往嘴裡塞，提醒他吃慢點且小心竹籤，看他吃得高興，我才稍稍放心。

「小平。」

「嗯？」

「阿嬤說，讓你這麼久沒去念書，對學業不好，還是我們先送你回臺北上學？」

「不要！」

小平一連說了好幾聲不要，頭搖得簡直快掉下來，他拿出作業本和課本證明自己都有預習複習，看不懂的地方也已經加強過，堅持不回去。

我轉頭看向前方，受不了自己的多此一問，再怎麼叛逆，我媽的話終究進去心裡，喚醒當年被母親選剩留在池巡府的童年記憶。不禁想問，長久以來的努力不懈，究竟是想證明她當初做的決定是錯的，還是想證明自己一點也沒錯，錯的是生在一個不健全的家庭。

正當恍神，有人敲打車窗玻璃，是剛才那對夫妻，手裡拿著幾杯洛神花茶，說要請我們喝。我顧著想事情，沒好好謝謝他們，下車對他們說太客氣了。見我想要掏錢，對方馬上變臉，說這是看不起他們。

「你誤會了，只是吃你太多，不好意思。」

「這一點小東西而已，收著收著。」太太抱著還沒滿週歲的小孩，似乎才剛睡著，用塊布將頭蓋住，怕他著涼。

「那就不客氣了，香腸很好吃，我兒子很喜歡。」

「喜歡就好，來我們這邊就要好好吃好好玩，千萬不要再跌倒！」

我笑著說讓他們看笑話，兩人臉上寫著有事，一直看向車內，只好多嘴問一句。

「你們家王爺公好像跟我們家小孩有緣。剛才他在那邊哭得不停，看見你們輦轎經過，突然就不哭，還一直笑。」

「我反而怕王爺公太兇，把小孩嚇著。」

我一直先生先生稱呼他，對方也覺得不好意思，要我叫他王哥就好。

王哥住在附近的王爺埔，地理位置上更接近南天府，他說小孩半夜常哭，四處拜神也沒用，且可能是王爺的神像威嚴，反而嚇到他還得帶去收驚，唯獨見到王爺公時露出笑容，所以有個不情之請。

「能不能讓我們帶點香灰回去，裝在香火袋，保佑小孩平安？」

「可以是可以，但灰只有這麼一點，不知夠不夠？」

我打開車門，香爐裡面只有幾撮，王哥說有就好，我自然也沒意見。趁著我將香灰裝進他們自備的香火袋，夫妻倆帶著小孩口中念念有詞地朝著王爺公三拜，不少民眾圍觀，問說是什麼神明駕臨，也跟著有樣學樣。

在王哥的熱情說明下，不少人拿走尋找宮主的廣告紙，託他的福，發了不少張，也算誤打誤撞。

「希望小孩睡飽有精神。」

「我也希望，我太太白天要去工廠上班，晚上回來小孩不睡也無法好好休息，她又怕我開挖土機，精神不集中會受傷，堅持不讓我幫忙。繼續下去，我看夫妻都要生活不美滿。」

王哥說美滿兩個字，尾音特別上揚，叫我不得不懷疑這是在開黃腔，只好跟著一起傻笑。再三跟我保證十七號見，騎著野狼機車瀟灑而去。

「爸比，幹得好！」上車以後，小平對我比讚。

「什麼東西好？」

「王爺公爺爺說這才像話。」

「是你說的還是祂說的？」

小平比著王爺公，或許是我心裡作用，覺得祂鬍鬚往兩邊揚起，看起來像是志得意滿。平時在池巡府，只能見到蕭明基、我、雞胗叔及幾個零星信徒，鮮少有機會大展神威，今日倒是讓人刮目相看。

亦輝設定好導航，說要是再不走，抵達拱範宮就太晚。一樣是十幾分鐘的路程，應該能趕在太陽下山前抵達。今晚也是住香客大樓，不過比起昨天，附近熱鬧多了，或許還有週末夜市，可以帶著小平晃晃。

「電話，你不接嗎？」

亦輝準備發車時，我的手機發出震動，拿起來看又是我哥，準是我媽打來繼續追問。他也一樣，老陳牧師已經創下一日十通的來電紀錄。

我們倆互看一眼，頓時覺得好笑，這種逃避追問而選擇不接電話的行為，簡直像翹課被發現後不敢回家的國高中生，怎麼想都很中二。

「怎麼樣？」他問。

「什麼怎麼樣？」

「不如這樣。」

亦輝把兩人手機互換，接起來，打開車門，走出車外。好啊，他竟然想得到這招，那我也不能輸：

「陳牧師，我偉誠，亦輝他……。」

有時候就是這樣，自己過不了的關，對別人卻是小菜一碟，就像抬轎子一樣，衝到天公爐前面，一個漂亮空中轉身，攻守互換，而要講到默契，亦輝跟我早就對彼此知根知柢，有些話因為是家人有血緣關係而講不出口，不妨交給對方吧。

十二

禱告聲

禮拜六凌晨，小平半夜喊肚子痛，怪他晚上貪心什麼都要，又冷熱不忌口，連著起來上兩次廁所，吞正露丸也無法止瀉，一早只好在附近找診所看病。

醫生研判飲食不正常，加上車裡車外溫度變化劇烈，小孩身體承受不了，本來的休憩一晚，最後變成四天三夜，等到禮拜一情況穩定才出發。還好大甲媽祖沒經過麥寮，香客大樓六日都還有房間，可免餐風露宿。

病人雖然身體不適，但也不需要人陪，寧願和一台電動相依為伴，無奈之下，只好在小鎮上消磨時間，可怎麼繞最後都回到拱範宮，它就像是巴黎鐵塔，所有路的起點也是終點。

拱範宮是自清朝康熙時代就有的大廟，已經有兩百多年的歷史，二〇一二年文化部指定國定古蹟，經過一番整修後，裡裡外外煥然一新。

這裡的媽祖俗稱麥寮媽，也是湄洲祖廟的開山六媽，可謂歷史悠久。如今的鎮殿媽祖是後世所刻，前些年金身經過修復後恢復成粉面模樣，可不少人表示看不太習慣，看來這神像修復就給俗世之人醫美整型一樣，還是得顧著自然美，不可過度美化。

日治時代的重建工程，更是開啟一場對稱的漳泉師傅工藝之爭，廟裡有不少塑像也受外來政權影響，出現穿著紳士服或中山裝的塑像，可謂是親眼見證時代演變。

連續兩天出現在廟裡，觀察得太細反而引人注目，廟方一度以為是文史工作者。不少人見到亦輝帶著十字架的項鍊，知道是基督徒後，開玩笑問他是否改信媽祖。他笑著說一心為主服務，不過對壁畫、石雕及神像雕刻相當有興趣。

我胸口掛著尋找宮主的牌子，簡直像人氣自動吸引器，不論正常人還是怪人通通有分，效果好不好尚未定論，可是從粉絲團活動頁面上微幅度增加的「我有興趣」人數，應該前景看好，只希望能轉換成實際參加人數。

週日下午，遇到一群退休教師，一隊六人，他們原本跟著大甲媽祖遶境，中間人神分道揚鑣，一群人改往麥寮參香，來時有說有笑。看我一個人站在廟門龍邊，胸口掛著牌子，本來以為是遊民，已經從口袋裡掏錢出來。

結果走近後發現看錯，又不能假裝沒事，只好跟我攀談幾句。這種事市場很常發生，他們一臉尷尬的表情就跟那些阿姨問到價錢想不買又不敢走一樣，我大方地要他們趕緊進去。

過十分鐘左右，六人中年紀最長的大姐，退休前在高中教數學，姓賴，走回頭問我尋找宮主的始末。照說一般人即便問也不會這麼仔細，可不愧是當老師的，每個環節都很講究，為了取信她，甚至把他帶到王爺公面前證明我的身分不假。

賴老師今年六十四歲，退休快十年，這幾年跟著以前師範院校的同窗四處旅行，若不是疫情緣故，幾乎都待在國外。她的興趣是探訪日本祕境神社，這我可就有興趣，別的不說，我去過的神社也不少，很多還是平常人不會輕易去的奧之森。

兩人交流起來，話匣子一開，講到太陽下山都沒法停，連亦輝也插不上話。

別看賴老師年過六十，屬於網路重度成癮者，還同時參加多個民俗、靈異社團，她說自己教了一輩子的解題方程式，最後還是無法用任何數字去解釋觀落陰這種事。

前幾年她的先生去世，思念先生的賴老師去觀落陰，試過好幾次才終於見到，自此之後就相信世上有科學無法解釋的事，有感於現代人對傳統民俗的冷感，賴老師不只成立社團也寫部落格記錄。

有她幫忙，活動頁面顯示的參加人數陡升，賴老師答應到時有空定會親自到場，有她這個加油，多少有點鼓勵效果。

週日晚上，收拾好行李，明天九點出發，亦輝早早就上床睡覺，我躺下時他還沒睡，說是在等我。

「還沒睡，該不是在等我……。」我故意往他身上撲過去，他嚇得趕緊喊暫停：「你小聲點，小平要是醒來怎辦！」

「還不是你故意捉弄我，這裡可是香客大樓，媽祖在看。」

「我當然不敢，這叫在神明頭上動土，除非活膩了！躺這麼久還沒睡，失眠啊？」

「我想問你跟我爸說什麼了。」

「拜託都過去幾天，現在才問！」

那天，亦輝下車跟我媽懇談半小時，上車時筋疲力盡，直說要是他媽是這種脾氣，他可能也受不了。我媽凡事都要爭贏，我爸和我受不了，只有我哥心地好心又軟，才會連結婚離婚的事都由她決定。

亦輝站在一名外人立場，向她保證我會給小孩最好的生活環境，且事實證明小平是喜歡這趟旅程，並非強迫參加。

「難怪後來我媽要求跟小平通電話，原來是要雙邊確認你說的話。」

「那你呢？我爸這幾天一通電話都沒打。」

我要他放心，老陳牧師本來就認識，我不諱言地跟他坦白已經知道相親的事，也能站在他的立場思考。

「我爸不會這樣就聽你的。」

「他當然不會，不過我在電話中說明你的考慮和為難的立場。我提醒老牧師，既然選擇接受兒子是同志，那就該曉得你不會走一條他安排好的路。聖經不是有說，神會安排你一條最好的路，這條路不妨讓你自己選吧。」

「最好的路嗎？」
「最好的路。」
「你什麼時候懂聖經了？」現在換亦輝把我的頭扭過去。
「每天聽你講，多少都有聽進去一點。」
亦輝親我的時候，總是額頭、兩頰最後是嘴唇的順序，頭一次時我說這分別就是禱告，他不諱言：愛就是禱告聲。
噁心，肉麻，可我好像很吃這一套。

週一早上九點出發前往虎尾，南巡多日，扣掉第一天外，一直在雲林打滾，想到大學畢業旅行時僅僅是經過，甚至連停留都沒有，現在演變成long stay的局面可以說是始料未及。
虎尾算是雲林熱鬧的鄉鎮之一，我熱愛布袋戲，而虎尾鎮上不只有布袋戲館，還有霹靂布袋戲的大本營。片場開放參觀，但必須預先申請，我們運氣好，今天正好有個團體預約，搭上他們的順風車，順道參觀。
原本按照預定行程，今天從嘉義反向回雲林，拜小平腸胃痛所賜，路線正好順行，省下不少油費。
預計將王爺公寄在虎尾德興宮，先到布袋戲館晃晃，用完午餐，迎回神尊後，再驅車前往霹靂片場。參觀時間一個半小時，後面便趕到朴子，完成天公壇和配天宮的參香行程，今晚不住香客大樓，改住民宿，是該好好的放鬆休息。
德興宮主祀池府王爺，最早是渡海來臺開墾的先人，帶著家鄉的香火袋，後因神明靈驗、香煙興旺才建廟立塑像。

古時的人去外地工作，不可能隨身攜帶神像，取而代之是裝著香灰的香火袋。正因如此，長輩都會交代不可帶著進去廁所或不乾淨的地方，才不會玷汙聖潔。

池府王爺曾為擋下疫神而吞下毒藥代為受劫，算是有點醫藥神的概念，後來演變成炸炮的習俗，藉著炮聲嚇走疫病，在古時醫學不發達的環境，能起到心理安定的作用。從現代觀點切入，炮裡有硫磺，這是一種用來殺菌消毒的化學元素，以至於在每年王爺公聖誕時，信眾會準備相當多的鞭炮慶祝，放在環保意識抬頭的現實裡或許有些政治不正確，可總之是當地重要的習俗。

王爺公來到德興宮相當興奮，連亦輝都能明顯感覺得出輦轎晃動地劇烈，有如頭一天在受天宮大街上的情景，甚至更甚。

廟方人員出來迎接，見到輦轎有起駕的徵兆，原本的小炮趕快換成排列為蛇狀的連環炮陣，火點下去可不得了，不是我們帶著神明衝，而是神明帶著人往前跑。我是邊跑邊叫，兩腳左閃右跑，還是被散炮打中，而白色煙霧散開，又是一陣轟隆大響，簡直沒完沒了。

小平這個敲鑼的，被炮嚇得躲在旁邊，鑼聲敲得時有時無，簡直像一泡沒完的老人尿，起不了任何作用。震耳欲聾之下，無法聽見亦輝喊我的聲音，只能拚命地抓住竹棍，只要不脫手就阿彌陀佛，緊張得雙手都是汗。

聽覺不靈，只能憑感覺，轎的半身瞬間抬起，我也不作他想，蹲低轉身，然後就是反向衝刺，這次衝得可猛，差點煞不住，嚇得連圍觀的人都退一邊免得衝撞。

一陣慌亂中，輦轎停下，王爺公總算是比方才冷靜，可整個轎身仍然上下晃動。

我瞥見有人接替小平，接過他手中的鑼，我身高一七五公分，對方比我還高，穿著黑色西裝短褲和棉麻白衫，年紀至少有六十，嘴裡叼著菸，他敲的鑼聲不是配合我們，而是配合輦轎。

轎身晃得快，他敲得慢；轎身晃得慢，他敲得快，我跟著我爸出陣頭這麼多年，現在才聽明白這個道理，原來兩者間是互補的。

只見那人走到轎子前，禮貌地向王爺公行個禮，輕敲響鑼，囑咐我們跟著他，這時也不管是否汗流浹背，越來越多的人圍觀，就連附近店家都放下生意不做，朝著我們看。

鑼聲輕，走的人踩八卦步，鞭炮響，轎身左右晃啊晃，一三過左，二四晃右，一聲入，鑼聲進擊，轎身跟著往前衝，不知是硫磺的味道熏得我如神仙之境，或是太陽底下轎抬太久，頭暈目眩，我竟覺得有飄飄然之感。

「最後一次了，兩位年輕人，轎子抓穩，我喊衝就衝，直接進去廟裡面，知道嗎？」

我和亦輝同時點頭，衝過炮陣，衝過鐘聲鼓聲，白衣男子喊的「入喔」，一聲「入」真是中氣十足，一口氣地到底，完全沒有中斷，而他的那聲止也是乾脆地倏然劃下句點。眼見我們煞不住，最後是幫忙穩住轎身，從激烈晃動到恢復平靜，一氣呵成。

有他幫忙，我們才總算是有驚無險，正好最後一絲力氣耗盡，將輦轎停在廊邊，不光是王爺公得安座，人也得稍坐片刻。待回神，那人已經不見，鑼也回到小平的手中。

「小平，那位大哥呢？」

「爺爺說去買涼水請我們！」

話才說完，人就出現，帶著幾罐津津蘆筍汁回來，說請我們，原來是德興宮的廟公，看我們轎身快失控，一尊池府王爺已經在空中大喊救命，趕緊跑出來搭手。

「謝謝大哥，還好有你。」

「少年的，你很厲害喔，幸好有抓牢，不然人早就甩出去了！」

廟公金大哥說池府王爺最喜歡有人來進香，不過來的進香團大多是武轎，像我們這樣直接把王爺公綁在輦轎的很少，大概是覺得高興，才會特別起舞。

「起舞？」

「對啊，抬輦轎就像跳社交舞，兩個人要互相配合，鑼也要照著速度敲才行。小朋友敲得也好，很有天分。」

小平向來有長輩緣，一個小蘿蔔頭整天跟年過六十的老男人們混在一起。耳尖聽見外人誇獎，急著賣乖要對方教他敲鑼。

我這個做爸爸的沒時間管他，亦輝要我去處理其他事，人有他看著就好。哎，休息兩天，怎麼一操起來就是頓大單，好險有貴人幫忙，才能化險為夷。

將王爺公的金身抱起時，覺得比平常還輕，可能是剛剛熱身過了，現在身輕如燕，恨不得一顯神蹟自己飛到神桌上吧，我心裡求祂別再這樣即興演出，真不知道到底為何如此高興。

計畫好的布袋戲館沒去，霹靂片場也是連個影子都沒看見，德興宮一齣進廟武戲，亦輝跟我累得只想飽餐一頓後用點涼水，躲回車上吹冷氣睡午覺。

小平黏著金大哥不放，爺爺爺爺的叫，叫得對方心都軟了，不只請午餐還教他打鑼。小孩一有好玩的事可做，總是先玩再說，只能等他敲累再走。

金大哥問起我們這趟南巡的原因，我據實以告，將王爺公的口諭如實轉達。他聽得呵呵笑，尤其我們車上還寫著神愛世人四字，中西合璧，道基並存，想不注意都難。他說要不是得顧廟不能離開，不然擲筊當天一定會到，交代我記得開直播，讓更多人同沐王爺公的神威。

最後是再不出發恐怕太晚，硬拖著小平走他才肯離開，他在車上說盡金大哥的好話，把自己的阿公批得一無是處。嫌他全身酒味，問什麼都說忘記，還常煮飯煮到人不見，躲進房間算明牌，放著整口鍋子燒壞不管。

這下我終於懂我爸三天兩頭鍋子燒壞的原因，爺孫倆沆瀣一氣，若不是小平說溜嘴，我怕要一直被蒙在鼓裡。

儘管小平說得我爸無一處好，可等回到臺北，還是照樣爺慈孫樂，對他們這種塑料爺孫情搖頭，我從小看破世情，對蕭明基不抱任何期待，有事情他第一個落跑，給家人添麻煩，毫無為人父的自覺，壞習慣多的如牛身上的蝨子，酗酒、賭博、跑路，堪稱壞榜樣代表。

他與我媽就是鏡子裡反，我爸什麼都不管，一輩子都是阿嬤的兒子而不是做爸爸的料。我媽什麼都管，萬事都得經過她同意，沒察覺其實是剝奪小孩的選擇自由。她這幾年轉向對小平的溺愛和過度關心，原因中我想多數是要彌補幼時沒有陪在我身邊的愧疚感。

但是怎說都太一廂情願，當事人如果說不，她就會立刻使出情緒勒索的絕招，要不跟我哥一樣乖乖投降，要不就像我撕破臉。

我對他們的複雜情感一直是心魔，情況最嚴重是在曉萍懷孕時爆發，擔心自己做不好父親，家庭和樂只是幻想，鑽牛角尖之下得到憂鬱症，後來求助諮商治療同時服用抗憂鬱藥物，終於緩和病情。

交往初期，我忐忑不安地將家庭狀況及得過憂鬱症通通告訴亦輝，他的反應比我想像中冷靜，稱自己也是在單親家庭長大，曾經想過身為牧師的父親為何對自己這麼嚴厲，但在看見他願意放棄成見接納兒子，甚至不惜離開原來教會、另立聚會所，心情已經釋懷。

他說，不論是老陳牧師或我爸，都是聖經裡的人，他們都會犯錯，人的本質不會因為變成父親而改變，但人可以變得更好，透過信仰，或是人生經歷。但不論何種途徑，人都不會十全十美。

不知這些話是想安慰想不開的我，或是他當牧師習慣講些激勵人心的演講，總之對我管用。

上回來朴子已經是十年前的事，當時幫忙嘉義縣政府翻譯和接待外賓，縣政府開完會後，搭乘高鐵接駁公車前來一日遊，對市場邊小吃攤賣的紅粉腸留下深刻印象，衝著在其他地方沒看過特別點來吃，不過滋味恐怕不是每個人都會喜歡。此外還有綠豆粉糕跟各式菜燕，前往天公壇前，我們特別停在市場先吃個過癮再拜廟。

小鎮作息跟城市不同，市場早早就關，想吃什麼都要趁早，否則只能向隅。祭完五臟廟，當然就接重頭戲。

天公壇主祀玉皇上帝，門前還有太陽與太陰星君的巨大塑像。最早是主祀蘇府千歲的蘇王廟，後來改祀道教最高神明指揮，廟裡有許多房仲穿著企業制服而來，一問才知在購屋買房這行靈驗到有口皆碑。

好在王爺公來到天公壇，恢復沉穩的王爺作風，沒有隨意起駕，進廟相當順利。畢竟玉皇大帝算祂的頂頭上司，總得要保持莊重。

廟方人員看我們帶小孩，問需不需要順便給天公做契囝，保佑他平安長大，還說每個朴子長大的小孩，都一定穿過蓋著天公印的衣服。

我早就過了需要神明保佑好生養的年紀，且從小有三太子陪伴，一點也不無聊。每逢祂生日總得穿上印著哪吒圖像的衣服慶祝，光切蛋糕不算，還要有餘興節目，有一年祂甚至上雞胗叔的身，要求我一起跳SORRY SORRY，原來韓團也流行到天庭了！

來都來了，總是盛情難卻，可一時不注意，拿到小平最寶貝的T恤：二〇二〇年《數碼寶貝大冒險》卡通重製的限量紀念款，他發現被蓋了一個天公印之後還是生一頓悶氣以示不滿。

就個性來說，兒子和我根本不一樣。

我小時候可是名符其實的童養媳，蕭明基跑路，我怕自己會像電視演的被丟進育幼院等待認養，所以特別聽話，大人說什麼從不回嘴。小平則不同，喜怒哀樂都表現在臉上，情緒來得快去得也快，從小就是典型的雙子座作風。

我由著他去，反正過一會就好。

待上一個小時後，前往配天宮。上回來時，因為火災緣故還在整修，現在已經恢復成大廟該有的氣派。

據傳朴子的發展圓心就是配天宮，舊時有顆樸樹，過路商人停下休息，不料後來被稱樸樹媽的金身不肯走，於是在此地發基建廟。當年的那棵樸樹後來刻成鎮殿媽，又稱請不動媽祖，除此之外還有燈花媽祖以及湄洲祖廟賜的金筊杯，個個都有來歷，說也說不完。

這幾天走太多的媽祖廟，我已經有點彈性疲乏，亦輝卻是不厭其煩，每事每物都有興趣，一下問求紅花、白花的意義與方法，一下問這裡的千里眼、順風耳為何跟其他地方不同。

我從小在宮廟長大，但也不是什麼都懂，他問我查，不知道是來進香還是文史訪查。

小平要我們放著他別管，他最喜歡虎爺，配天宮的虎爺也是全臺少數供在桌上，更別說祂一身龍袍，看著就顯眼。

我們在配天宮一耗就到晚上六點，看人漸少才發現時間已晚。

亦輝看見小平站在虎爺公旁說話，問他到底在幹麼，想不到這孩子說天機不可洩漏，還要神明不可說出去。

「什麼祕密連爸比都不能講？」我問。

「特別是你，絕對不能知道！」

亦輝往我的頭上戴的斗笠貼上廟裡求來的靈符，不多不少剛好十張：「走吧。」

十是個好兆頭，今天也真累慘我了，王爺公已經寄宿好，現在也該輪到我們。

十三——抓生乩

難怪長輩說小孩白天不能玩太瘋，小平昨晚睡到半夜做惡夢，我安撫不夠還得陪睡，下場跟那日一樣，犧牲自己的睡眠時間。他哭得驚天動地，亦輝毫無反應，躺上床後沒過幾秒開始打呼，直到隔日鬧鐘響才醒來。

今天是第六天，參香距離比前幾日都長，在朴子吃完中式早餐後，八點準時啟程。

首站是笨港口港口宮，池巡府每年南下進香時，幾乎是年年到此一遊，路上看到蚵仔寮三個字便知快到了。過去是出海口，後因海岸泥沙淤積的關係，從近海變成內陸，慢慢失去導引船隻的作用。港口媽的特色是頭上戴著紅色大絨球，以及一身珍珠衣，大媽到六媽，各個身兼不同功能，想看祂們齊聚，只有每年中元普渡。我們抵達時，正好有進香團拜廟，繞過他們進到廟裡，裡面安靜祥和。

小平沒規矩地繞著正殿走來走去，用手指頭數媽祖的數量，笑說港口媽有很多分身。我讓他別指著神明，雖說沒有月亮說這麼厲害會割耳，可終究不規矩。

正好想到出來這麼多天，蕭明基不知道身體如何，手機突然響起，還真是說人人到。

電話接起來就問我們人在哪，回答在港口宮後，交代我們去服務處找位姓黃的先生，他說自己已經打點好，拜託對方打造一襲珍珠衫。池巡府的媽祖正是從這邊請的分靈，前幾年他答應媽祖做新衣，指定要跟祖廟相同的，以顯脈出同源。

神衣的話，手工不同，做起來有便宜有貴，蕭明基說錢早就付了，這幾年沒南下便一直擱著。幾天前他在醫院躺著無聊時想起，趕緊連絡對方，交代我千萬別忘了。

「就這樣？不用問一下我好嗎？或是你孫子好嗎？」

「你無好敢閣會接電話？阮孫仔有王爺公照顧，毋免操煩！後一站是佗？」

「南鯤鯓代天府。」

「總廟幾若年沒去矣，多添一寡香油錢，當做共伝老爸添福壽！」祖廟和總廟有時是同處，但臺灣許多神明乘王船而來，除非有文字紀錄，不然很難溯源。

以南鯤鯓代天府來說，五府王爺是中國唐代將領，祖廟應該在中國，但五王神像隨王船漂到北門鯤鯓州後建開基祖廟，因為香火鼎盛，隨著信眾全臺移動，分靈眾多，又被視為五府王爺信仰總廟。

正是這點奇怪，南鯤鯓代天府每年都寄年曆，主委也曾來過我家拜訪，但安排進香總直接跳過，倒是我陪著阿嬤參加友宮的進香團還去過幾回，甚至發生難以忘懷的經驗。

「這麼多年沒去，該不會欠人家錢吧？」我能想到的只有這件事，反正我爸到處跟人為錢鬧翻。

「伝老爸我猶未到這款地步，只是……反正一言難盡，問遮濟創啥！」

不要緊，他不肯說，我問別人總得了，要說誰最瞭解我爸，非崇智表哥莫屬，等到晚上在新營太子宮歇下，我再打電話問清前因後果。

看看時間差不多也該起駕，走回宮裡，麻煩服務處找黃先生，一位跟我爸年齡相近的人走出來，見到我就喊名字。我看到人便有印象，小時候叫人家昆叔，趕緊改口，順便把小平抓來讓他認識。

昆叔這幾年腿不好，糖尿病影響走路，很少出遠門，不然他親自送去早就送到。他從我爸那裡知道正在尋找宮主的事，拍下掛在小平身上的徵人啟事，說幫我們放到網路宣傳。

「紲落去佗？」

「代天府。」

「南廟，那按呢我看王爺公會很high喔！」代天府裡，萬善公是北廟，王爺鎮殿是南廟，內行人都是直接稱呼。

「昨天才在虎尾那邊折騰過，毋通毋通。」

昆叔話匣子打開不放人走，我也只好子代父職幫忙應酬，亦輝走出去外頭講電話，看他的神色應該是老陳牧師，家家有本難念的經，實在無法套用頭過身就過這個道理。

足足等半小時，亦輝才肯開門，他把自己關在車裡，手握著十字架，出聲禱告，念完後解開車鎖保全，搖下車窗，問我們父子倆為何不上車。

「上什麼車，王爺公還在廟裡等我們，而且你一個人耍什麼自閉。」等他的時間，其他進香團早走光，只剩我們那頂輦轎還停在廟外。

「差點忘了，走吧。」即便如此，亦輝還是手握著十字架項鍊沒放。

「先別動，你先說出什麼事。」

亦輝不解我為何露出擔心的神色，眼睛還一直盯著他胸前：「我沒事啊。」

「沒事你禱告幹麼？」

「我是感謝主終於聽見禱告，我爸放棄相親了！」

「喔？」

亦輝接到老陳牧師的電話，他不在的時候，相親對象親自送喜帖到聚會所，除表明自己的立場還主動勸說，希望陳叔叔能樂見其成。

經過一夜難眠，老陳牧師似乎想通了，打來要亦輝留時間跟他一起去參加婚禮，為同志新人致詞。

「這麼說，你爸接受我了？」

「我不敢保證，電話裡面沒說。」

「怎麼這樣？」

我半撒嬌地要他去問清楚，想當然他不會理我，逕自往廟裡走去，通知廟方王爺公準備回駕。昆叔等著我們回去，看見神愛世人的宣傳車，反應跟其他人一樣，笑說王爺公竟然肯屈尊。話鋒一轉，見到車上有卡拉ＯＫ機，像個小孩子一樣跳上車，說要唱一兩首才行。

我想起昆叔以前也會上遊覽車，陪我們跑一小段路，唱幾首歌搏感情，老婆則騎著機車跟在遊覽車後面，下車後再把他載回去。

「好，第一首歌是——」

「〈愛拚才會贏〉！」他會唱的就那幾首，我都叫得出名字。

認真說，我們在廟埕唱歌，港口媽聽見到底作何感想我是不清楚，可是這麼誇張的舉動，果然引起很多人圍觀，小平看見越來越多人，不甘示弱地加入，唱了張韶涵的〈潘朵拉〉。看見昆叔一個年過六旬的人，一起跟著唱「愛是彩色糖衣包裝甜美營養的藥藥——藥藥」，總有種返老還童感。

兩人又點了黃乙玲和郭桂彬的〈海波浪〉，前面幾乎都是我代唱，他們只會唱後面的大聲叫，真是叫得我耳膜都痛。

「你們臺北不是有計程車司機也在車上裝伴唱機嗎？」

「好像有，新聞有播。」

「你這台也不逞多讓！來，點一塊唱乎港口媽，祝祂生日快樂。」

昆叔要亦輝把車窗降下，還要聲音調到最大聲，我說還有遊覽車進來等著進廟，他說讓他們等沒關係，看來不唱是走不了，我閉著眼睛幹就是！

國語一遍，再來個古版的恭祝妳福壽如天齊，唱都唱了，再加個英文版，亦輝趁著我們沒注意加點一首康康康樂隊的〈快樂鳥日子〉，要不是我阻止他們，再點下去，恐怕唱到中午都還走不了。

「放炮仔喔！」

昆叔拿著一串炮，點燃，在炮聲中送我們離開。如此華麗的轉身，讓我想起以前來到港口宮，他親自帶著陣頭出來迎接的身影，實在已經是好久之前的事情，我的眼眶不知為何濕了，大概是想到這一切都是過去的往事，忍不住又笑出來，這麼有趣的回憶，可能也就這麼一次，出發這麼多天，還是頭回覺得這趟出門真有意思。

怪的是甚至希望我爸也在現場，跟我們一起來。討厭歸討厭，但小時候還是很期待跟他出門進香，不只身為宮主兒子有點威風，那是我記憶中為數不多兩個人一起出遊的回憶。

要是這趟出門不用尋找池巡府接班人，我能夠專心陪小平遊樂，不知該有多好。平時上班上課，相處時間只有回家睡覺前這段時間，週末我也忙著顧攤子賺錢，他心裡應該多少有怨言。

這樣想的話，還要感謝王爺公給機會呢！

我教小平擦玻璃，對著外頭剛才圍觀拍手的人揮手再見。

這可是進香都會有的，遊覽車小姐一定會提醒，擦玻璃感謝他們，也是最有人情味的時候。

離開港口宮後，小平問多久時間到代天府，聽到要一個小時，立刻閉上眼睛休息。我也是，原本想陪亦輝聊天，說沒幾句後也睡著。

等我醒來時，人已經在南鯤鯓代天府，從最外面的牌樓一眼看到最裡面的三川殿，想到這段路有多遠，立刻感謝王爺公這趟路沒讓我們走，祂早早有指示，代天府人太多，輦轎不下，直接神尊入廟就好。

說來奇怪，這裡是王爺總廟，幾乎每個進香團來到這裡都火力全開，拚陣頭也要拚面子。

見識過一次，也是我今生難忘的經驗。

那時小六，同時間有太多場進香團，蕭明基派我跟阿嬤跟其中一團，中午前抵達代天府。香客跟陣頭都在牌樓前下車，從那裡就開始操傢伙——不是拿槍，而是乩身手持五寶，同時間還有兩團，大家都浩浩蕩蕩地比誰先進廟。

遇到王爺進香期，廟四處擠滿人，阿嬤想上廁所，我帶著她先進去。阿嬤眼睛不好，廁所出來找不到我，到處叫人，一個沒注意差點衝撞到正在進廟的乩身，對方手裡的針球差點就砸到眼睛。

幸好我拉著阿嬤，趕緊把她往後拉，才免了一場意外。

乩身身上到處是血，操完針球又改換鯊魚刀，然後是七星劍，五寶沒一個放過，背是基本的，有些還會劃舌頭，還有額頭。

最驚人的是，乩身相見分外眼紅，應該說是神明相見各自拚場，還會互敬，有時光一個會禮就能弄半小時。

王爺公來到這裡選擇輦轎不進，大概也是這個道理，不過我們也不能讓祂沒面子，在進廟過爐的時候喊得特別大聲，而且讓小平做這件事，他特別開心。

王爺總廟可不是叫假的，鎮殿氣派輝煌，後頭的青山寺則是特別感念當年觀音佛祖出面調停而建。說到南鯤鯓代天府，眾人津津樂道的就是囝仔公爭地理，兩方大打出手，王爺方派出吳三王，萬善堂派出掃帚精，據說還因當時各有勝負，吳王神像上的裂痕一直未能修復，作為那次戰績的證明。後來觀音佛祖出面調停化解衝突，以共享香火為由，大家各退一步。

早期的囝仔公只有神位沒有神像，有次吳三王分身神像入靈，祂搶進其中一尊，後來進到庄頭作客，降乩表明自己是萬善爺，之後萬善堂便以此尊的神韻刻出分靈，看來真有祂頑皮牧童的一面。

出門這麼多天，亦輝頭回看見這麼多進香團，終於像他想像中的進香畫面。此時雖不是王爺進香的季節，可人已是不少，他對乩身很有興趣，我是從小看習慣，帶著小平去後頭走走。這裡占地廣大，放他一個小孩走不放心，認真要逛，包括以園林建築風格聞名的大鯤園，怕三、四個小時跑不掉，只能走馬看花四處亂看。

逛得太入迷，差點忘記亦輝還在等，我們回到正殿附近，小平眼尖，看見前面有熱鬧，拉著我拚命向前擠，等到近在眼前，才看清楚殿中有乩身正在操五寶。

我要他離遠點，免得傷到。不知出什麼事，所有人都擠在這，本來以為亦輝會站在前排湊熱鬧，可現場擠得水泄不通，光牽著小平別走丟就夠忙。

找不到人，扶乩我又是從小看到大，不覺得有何稀奇，拉著小平便想走，不料這小子一步也不肯動，反而問我幹麼。

「去找亦輝叔叔。」

「他就在這啊！」

「在哪？」

小平指著前面，我定睛看這才發現眼前的乩身不論從哪個角度都像亦輝。我不作他想先否定這個可能性，又擔心自己看走眼，最後確定真的是他。

滿臉是血，嘴中喃喃自語，早上出門時穿的上衣不見，取而代之光著上身，腰間圍著龍鳳兜，左手掐法印，右手煞有其事地拿著我們帶來的七星劍在空中比劃。從現場圍觀情形，已經持續一段時間。

我找到工作人員問清楚來龍去脈，事發於半小時前，亦輝站在殿外圍觀，其他宮廟的王爺乩身安營退駕後，幾乎同一時間，他被神明抓生乩，三步併兩步走回車上抽出王爺公囑咐帶來的七星劍，回頭就是操五寶往廟埕衝。

目睹者說當時有位年紀不到三十歲的年輕人被家人拖著進廟，見到亦輝走過來，甩開旁人的手，拔腿就跑。

他跑，亦輝追得更急，同時間，廣場正在進廟的兩支隊伍，兩邊乩身也都同時動作，頓時前後包抄，將人團團圍住。

年輕人正要轉彎，亦輝左手掐法印，朝著對方的天靈蓋點下，圍觀的人被這幕嚇得不敢動，親眼見到對方全身疲軟倒下。

人倒下，亦輝的手卻沒鬆開，掐著法指的手依然用力，右手揮著七星劍就往空氣砍，彷彿在跟什麼對峙，不惜往頭操五寶，藉著紅血增加力量。

廟方人員收到通報後趕到現場，為維護安寧和秩序，代天府早已不許乩身進入正殿。但事出突然，眾人都看出不對勁，臨時開壇，請示神明的意思，還動用廟方開基五王的乩身。

神明開示，年輕人出外夜遊惹到怨靈抓交替，若不是家人硬把他拖來，再過幾天怕是人救回來也沒用。至於為何選中亦輝，抓生乩的是從代天府分靈出去的范王，說是原來的乩身沒好好淨身，實力發揮不出一半，所以臨時找現場的人代替。

亦輝的農曆生日跟范王聖誕同一天，加上基督信仰虔誠，本來身上就常有巧合發生，他被抓生乩說意外卻又在情理之中。總之，現在等油鍋熱，把這個靈體直接下鍋炸，事情才算了結。

我聽得冒冷汗，不過才一兩個小時，竟然出這種事，不知道亦輝等下清醒後的心情如何。

「爸比，動了。」

「我有看見，你退遠一點，現在那個不是亦輝叔叔，是范王。記不記得，就是我們家神桌上，坐在右手邊臉綠色的那位王爺。」

「我知道，我看得見。」

乩身一動，所有看熱鬧的人跟在後頭，平常不開的中門也開了，一群人浩浩蕩蕩往外頭移動。

廟方奉范王指示，在廟埕用鐵架圍起一個長寬都五尺的方形空間，臨時號召不少人力守在外圍不許人畜靠近。正中間架著大鍋鼎，下頭用瓦斯爐加熱，樣子像是從旁邊煮團菜的餐廳借來的，還沒來得及清洗掉炸過魚的腥味便挪用。

鍋裡滾燙的油正散出油味，在太陽底下，更顯危險之姿，細數現場的沙拉油桶，足足用了五桶油，才有八分滿。這油的溫度約已超過百度，要是不小心噴到油沫，怕要直接送醫急救。

范王靠近，做出將東西下鍋炸的動作，說也奇怪，若沒有親眼目睹絕對不相信，像是真有東西下鍋一般，油鍋瞬間冒出大量的油泡，油面一度晃如波濤，過了快一分鐘才慢慢平靜。神明對著空氣比劃，樣子像在畫符，交代任何人都不准靠近。

事情結束，乩身轉身，毫無預警地退駕，幸好旁邊有工作人員扶著，否則這摔到頭可就糟了。我向前表明身分，幫著將人抬到陰影處。

廟方人員拿來一杯福茶，說是供在神明前的水，要我讓亦輝喝下，同時給一張符貼在胸口，待水全部飲完，再將符紙撕掉，人就會醒。

亦輝醒來以後，見到一群人圍著他看，自己也不知發生何事，形容頭像被什麼東西打到，一陣暈眩後，後面的事全然不知。

聽我講完抓生乩的過程，他一臉可惜的說沒親眼見識，還問我有沒有錄影，真是敗給他，絲毫不知這件事影響層面多廣。

有些人被抓生乩，身體磁場被打開，從此變成靈異體質，還得請神明幫忙照顧，亦輝把這種事當成笑話講，真不知天高地厚。

「你放心。」

「放什麼心？」

「信而不迷，除非自己放不下，不然它不會成為困擾。」

「這也是基督教義？」

「這是廣義的價值觀，跟信什麼教沒關係。」

我念他有空耍嘴皮子，不如趕快起來，一直坐在地上不好看。他拍拍身體，覺得肌肉痠痛，看見自己臉上有血，借了小平脖子上的毛巾一用，衝去廁所清洗乾淨。對有潔癖的他而言，抓生乩事小，身體骯髒事大。

王爺總廟不是叫假的，隨便一出手都有故事，這種靈驗程度，還真是絕無僅有。

「亦輝、亦輝！」洗完澡出來沒見到人，四處找他，小平癱在床上玩電動，反應比我表現得還鎮定：「叔叔不見了，你都不著急嗎？」

「亦輝叔叔又不是你，他不會出事的。」

「挖哩勒……。」

今晚宿在新營太子宮，平常遇到太子爺聖誕進香期總是人滿為患，想不到平日人不多，連周圍賣涼水和點心的攤販都休息，只剩下廟對面的麵攤、手搖飲和不打烊的便利商店。

白天鬧出抓生乩的劇碼，加上路途遙遠，送王爺公進廟以後，亦輝難得沒在廟裡閒晃，早早進客房休息，晚餐也是我外帶回來。

進去洗澡前，叮嚀小平看著亦輝，結果他顧著玩遊戲，等我回去，看我怎麼修理他。

我在新廟裡到處找不到人，廟方介紹說是三層，可每一層都挑高，全部走完至少也要十五到二十分鐘。上回來已經是很久以前的事，別的說不上印象，唯獨記得廟口有間賣水煮玉米的小販，中午前賣完就收攤。

我樓上樓下的跑都沒見到亦輝，打算到對面舊廟看看，但是他卻從金紙部旁的神轎邊冒出，無聲無息地嚇我一跳。

「出來逛逛怎麼也不等我？」

「偶爾也需要獨處片刻。」

「這麼說，我打擾你了？」

「對啊。」

看我露出惱怒的神情，亦輝說那是玩笑話，表示自己再睡下去，怕晚上要起來當暗光鳥，趁著廟門還沒關前，出來走走。進來就被神轎的精雕細琢吸引，剛才來不及攔住，不是有意看我忙進忙出。

他說得頭頭是道，我再生氣反而像是故意找碴，可總有種被占便宜的感覺。

新營太子宮是全臺太子爺的開基祖廟，每年農曆九月九日聖誕，整間廟擠得水洩不通，加上屋頂的雀鳥聲，怕要達到噪音開單等級。

從神像熏黑的臉已可瞧出香火旺盛，最引人注目的當屬新廟上方矗立的太子銅像，一公里外已能看見太子爺滿臉微笑地迎接來往香客。

多數人只見新廟，可其實舊廟就在對面，我也是這趟來前蒐集資料才知道。拉著亦輝一起去，跳過馬路便到，規模小很多，難想像在新廟還沒建完前，所有進香團擠在這個狹小的廟中是何光景。

太子爺的聲名遠播，加上封神榜也有祂的故事，亦輝不用我講解也能知神明的來歷。他有童心般地被廟裡的太子爺歌迷住，邊聽邊跟著哼。

說起來，池巡府跟新營太子宮的關係匪淺，供奉的金身正是從這裡請回去的分靈。

而論起對太子爺的虔誠，撇除我是乾兒子身分，論第一崇智表哥當仁不讓，當年主神換成王爺公，他還自告奮勇想請回家，可惜家中已有土地公，神桌也擺放不下才打消念頭。

他有時間就來上香，逢聖誕也必會買紅龜粿和壽桃來。有一年，我爸進香沒擺進行程，他還生頓好大的脾氣，最後是路上臨時聯繫，將太子宮臨時插入，才化解一場叔姪衝突。

出來這麼多天，一直忘記跟崇智表哥報平安，既然到這，怎樣都該跟他說一聲。我打家裡電話，不過晚上八點，他已經準備睡覺，說是前幾日去家族旅行，回來身體有點乏，這兩日不太有精神。

閒聊幾句，我拿蕭明基避談代天府的事問他，崇智表哥回答當然知道，而且事發經過他最清楚，倒是疑惑我怎麼都忘了。

「我在現場嗎？」

「你在，而且當時三太子在新營抓乩身，抓的就是你！」

我張大嘴巴說不出話，對這件事毫無印象，難怪後來大家都說我和三太子有緣，原來不只陪我玩，還上過我的身，想到一群不懂事的大人被活超過二、三千年的小大人斥責，我就開心。

我爸跑路那年，適逢阿公去世，家有父母喪，按古禮做子女的三年不能去廟拜拜，更別說進香。

蕭明基外頭欠債，信眾也要他歸還募捐建廟的錢，他堅持出團進香，應該是想取信眾人。崇智表哥本來想不去，可阿嬤千拜託萬拜託要他跟著去才妥協。

出發當天，王爺公還沒出發就發爐，崇智表哥眼看情況不對，找人去叫雞胗叔，看神明有何指示。結果他和我爸前晚喝酒，別說清醒，連講話都還有酒氣，看得他生氣，把兩人都臭罵一頓，可說是還沒出門，自己人就先傷和氣。

當日下午來到新營太子宮，我爸這個帶頭的，休息時間跑不見人影，眾人等他一個。崇智表哥說就在這時，我原本跟著其他小孩在神轎旁邊玩陀螺，突然有起乩反應。嚇得大家不知如何是好。好在這個時候，雞胗叔前晚的酒已經退，陪在旁邊，看神明有何指示。

降駕的正是太子爺，一反常態，難得正聲喝斥，要我們這群人乖一點，流年不利還敢亂跑，也不知道學乖，更責備他們這群會員，放任宮主亂來。聽說是逐個點名，唯獨崇智表哥跳過，最後要大家小心血光之災。

這一說讓大家頭皮發麻，蕭明基後來聞言也臉色大變，可香進到一半，中途折返更觸霉頭，只好繼續往海埔池王府走。

他說往年大夥都會在廟埕喝酒聊天唱歌，那晚難得滴酒未沾，早早去睡，連我爸都一個人在廟裡向神明擲筊，崇智表哥不知道他求什麼，但滿頭汗跪在地上一杯也沒有，可見事情嚴重。

隔日用完早膳出發，頭站就是南鯤鯓代天府。

那日進香團很多，陣頭排隊正在等待進廟。不知是誰的主意，往年都是借武轎，突然改成文轎，包括他在內的幾個人都有點不習慣。前一天就有輪子卡住的情況，加上血光之災的警示，大家都推得心情忐忑。

輪到他們進廟，前方已經擺出炮陣，一口氣往前衝，結果衝到一半，輪子再度出狀況，站在左手邊扶轎的會員，腳來不及踩剎車，直接摔出去，手腳都擦傷，還好他往旁邊撲，否則滿地炸的鞭炮還不知道會弄出什麼傷。

事情沒完，因為急煞的緣故，附有輪子的底座跟文轎本體分開，整座轎子飛出去，崇智表哥看見，急忙用身體扛住，他說那個當下，身體扛著七、八十公斤的轎體，差點要軟腳。

然後，男主角上場，我又被太子爺抓乩身，一個小孩不知道哪裡來的力氣，拉住後頭，還能邊笑邊說話，難為了崇智表哥一個人在前面死命硬撐。最後靠著大家協力，才把轎體控制住。

不幸中的大幸，神尊沒事，出發以前特別加強固定，只有媽祖的鳳冠掉落，珍珠散落一地，太子爺一直等到進廟才退駕，應該對這群信徒放心不下吧。

工作人員多少都受點輕傷，有血光之災但無大礙，只是上演這麼一場大戲，後面誰都沒有心情，午飯以後，原本下午的預定行程取消，直接驅車回臺北。大夥只求別再出事，連在高速公路看見前方有車禍也心情忐忑，直到在重慶北路下車才鬆口氣。我回程整趟路都在發燒，還是崇智表哥把我背回去，難怪沒有印象。

進香回來，不出兩個月，我爸就攜款跑路。

我對每次進香都印象深刻，唯獨這次記憶不深，像是有人刻意不讓我記起來，原來出了這麼大的事。難怪蕭明基講起南鯤鯓代天府就支支吾吾，他大概是想起這件事就又得重溫一次跑路的惡夢。

而我訝異的還是和亦輝竟有相似遭遇，果然不是冤家不聚頭。

十四——心內話

小平聽見我被抓過生乩，真不愧是小孩子，童言無忌，竟還講出希望自己也能雀屏中選，還說要是可以的話，最好是一車三人同時被金吒、木吒、哪吒選上，我說要不要再加個寶塔天王李靖，如此一來便能父子團聚。

至於寶塔天王的人選，我爸當仁不讓，民間相傳李靖和哪吒大打出手，若再加上我媽，場面更刺激。李家親子關係的不對盤跟蕭家有七八分像，差別只在於我沒那個孝心削骨還父削肉還母，更不是蓮藕身能上天下地。

離開新營，先到下營的北極殿上帝廟參拜，這也是每年池巡府必去的友宮，前往麻豆海埔池王祖廟前總會順道拜訪。我對它的印象當屬廟前一條寬敞的大路，總有人在賣烤番薯或水煮玉米，適合當下午茶。早上來，人倒不少，幾天前剛過玄天大帝生日，廟中到處擺著恭賀聖誕的壽桃和水果塔，瞧塔裡面精緻地纏上紙塑金龍，點綴小燈泡，又以元寶裝飾，想必所費不貲。

八卦天井貫穿大殿，一樓鎮殿自然是玄天上帝，二樓祀奉觀音菩薩，三樓天公祖及南斗、北斗兩位星君，不管去到哪間廟，大抵不出這個組合，最多再加上註生娘娘及保生大帝。舊時這種地方大廟，功能綜合化，既可保佑平安又能賜子，任何疑難雜症都能解。

正殿之外，左右廂樓各有主神，像是太陽星君、開天炎帝、延平郡王和昭明王。其中，昭明王是明朝將領劉國軒將軍，據說當年就是由他提議建立北極殿，才有後來這番香火鼎盛的景象。

我向服務臺表明身分，負責收香油錢的地方耆老，看見我胸口掛著招募宮主的告示很感興趣，熱情稱讚我年少有為有擔當，才肯接下這分差事。

「今仔較無少年囡仔，攏一寡老歲仔田事做煞，下晡來共上帝爺公燒香，坐下來開講抑是唱歌，跍甲欲暗仔轉去食飯食了就來去睏，暗時無啥物活動。少年人若佇外地做代誌有麻煩，敲一通電話叫老的過來請示，連轉來攏貧惰。」

大哥邊收我香油錢開收據，嘴裡感嘆自己的兒女也只剩小兒子留在臺南，其他都在外縣市打拚。

「嘛是阮細漢時陣鬧熱，嘛無所在通去，逐家都來廟口，做生理的嘛攏佇遮。今仔差濟囉，逐家規工就是拿手機仔滑來滑去，你看我今仔猶閣咧擛這款手機仔，通敲電話就好矣……歹勢啦，我吃老加減較雜念，阮某嘛抶堪得我念，叫我食飽趕緊出來去。啊你們紲落去佗？」

我回答佳里，耆老說難得來下營，定要好好走走，拉著我坐下，拿出下營區地圖，我都不知幾年沒看過實體地圖或指南針，更別說這個參考性的比例尺。想去任何地方，打開Google Maps，不只能馬上定位，還能計算出抵達目的地的時間和前進路線。

亦輝拉椅子坐下一起聽，一晃兩小時過去，大哥說得口沫橫飛，中間除了電話進來預約進香時間，其餘時候都在講述下營的豐功偉業，指著地圖介紹每間廟的特色，推薦我們必去茅港尾天后宮，說起那邊的媽祖因為洩漏天機被關禁閉，神色龍飛鳳舞，跟我們剛才進廟截然不同。

他都這麼說了，莫說我這個廟控，連亦輝也心癢難耐。原本離開這裡，就要開去佳里金唐殿，可沒道理錯過在地人的誠心推薦。

耆老熱心地聯繫對方接駕，我怕驚動地方，趕緊阻止他，且要問問王爺公的意思，萬一祂不想下車，場面可就尷尬難看。借筊杯一用，結果三個聖杯，似乎更沒有推絕的理由。

離開前，大哥要我們等會，進去拿出幾顆剛蒸好的壽桃，讓我們路上帶著吃，分分上帝爺公的喜氣，說是交個朋友，歡迎我們以後再來。

人情味十足的表現，從出發頭一天就能深刻體會，多少能明白為何我爸進香兩天總是喝得酩酊大醉，實在是盛情難卻。

廟方熱情準備點心和餐點，仙草冰、豆花或是附近居民幫忙煮的素麵、素餐，天氣熱還有冰鎮好的涼飲、啤酒無限暢飲，進香不是單純的神明會面，也是各方人文交流，道理跟現代博覽會一樣，神明走到哪，人情交陪跟著到。

從北極殿前往茅港尾天后宮，開車不到十分鐘。

茅港尾舊時是重要的河道，可是遇到內海消失，失去港口機能後，人口快速流失，後代也少有繞境活動，最近一次是在十年前，奉媽祖旨意操辦，兩年前也按清朝舊俗到臺南市區大天后宮會香。

知道我們過去，天后宮的廟公早已經等在外頭，原先看見神愛世人四個字還以為是路過，見到我們扛下輦轎才確定。

廟公跟前面的耆老差不多年紀，稱是義務幫忙，平常來進香的香客也不多，服務的都是周圍居民。都來了，又受到熱情款待，當然要好好地扛轎進廟。經過幾天洗禮，不敢說不怕炮，可炮炸得越響，轎就要舞得越熱情才不致失禮。

出發前劉叔叔說抬轎要用心感受，虎尾德興宮的金大哥則用社交舞形容，轎是人和神共舞。我們越不用腦去限制，越能感受神明的變化，激動時、生氣時、高興時、意有所指時，轎體的狀態無法用一個字形容，唯有用身體感受。

我總覺得王爺公這一刻是高興的，不是真的看見神明微笑，而是氛圍，人與神間不用言語也能溝通，即便多少帶點過度解釋，可不論我、亦輝和小平都挺樂的，尤其是後來見到臉有點方的千里眼、順風耳時更是不覺莞爾一笑。

下營一待就是一上午，午餐後照例在車上午睡，吃飽睡足加上早上受到熱情款待，本來心情大好，可我爸一通電話打來澈底破壞。電話中不停叨念，說他三十幾年沒跟我媽講過話，今早人竟直接到池巡府，進門就嫌地方不好環境髒亂，當著我哥的面洗臉，盡數他的不是。

我爸愛面子，丟不起這個臉，自然唇齒相譏，雙方口頭上你來我往，那時間我們正好在前往茅港尾的路上，絲毫不知同時發生這麼大的事。後來大伯聽見吵架聲，遣大伯母下樓關心，才讓這對冤家收兵。

「所以呢，專程打來跟我告狀？」

「猶毋著為著你，不對，是為著阮的寶貝仔金孫！」

意料之內。

亦輝對我媽曉之以理最多就是緩兵之計，能緩這麼多天已經是萬幸。她最後還是坐不住，認為一切都是我爸的主意，要他負起全責，擔起當人父親和長輩的責任，把我們叫回臺北。

我爸這麼愛面子，怎麼可能聽她的，打來除了發牢騷，特別加重語氣叮嚀沒找到宮主前都不准回來，還說神明的事最大，不容一個婦人多嘴。

這對夫妻當年結婚果然是一時衝動，才會連彼此個性都摸不清。而我爸這種政治不正確的言論，還好只有我聽見，萬一被我媽知道，不再跑一次池巡府才怪。

我口頭答好，掛斷電話後發現有四、五通未接來電，顯示的是我哥手機號碼，但猜也能猜到是誰的意思。

亦輝看我表情複雜，手機拿起來又放下，問我出什麼事。他將車子停到路邊陰涼處，交代小平待在車上，私下跟我一談。

「什麼事不能當著小平面講？」我踢開路邊石頭，有些煩躁。

「打個電話給你媽。」

「不想，她只會要求別人，從不會反省自己。」

「偉誠，別忘了你答應小平的事。」

「我知道，但是很難嘛！你是不是又要說什麼：終究是自己的父母，沒有什麼好不能原諒的，要是像我一樣，母親都走了，想彌補也沒有。」

「蕭偉誠！」

連名帶姓，亦輝真的生氣時才會這麼叫，我察覺自己失言，只能小聲抗議，順道不經意地道歉。

「說對不起要有點誠意。」

「是，對不起，戳痛你的傷處。」

亦輝刻意用鼻子吐氣，這是他拿我沒轍時的消極抵抗，即使明知道我脾氣，有些話他還是不得不說。

「我要你打這通電話，不是要說什麼冠冕堂皇的話，只是都成人了，有些話既然要講就當面講。」

「我的話很難聽。」

「不論多難聽都該讓當事人知道，否則永遠都只是單方在受氣。」

「那萬一……。」

亦輝笑說我心裡想著有什麼萬一，那就代表我不會把話說絕，心理沒顧忌也不知害怕的人，往往才會傷人又不帶自覺。

小平以為我們在吵架，打開車窗問怎麼了，亦輝說沒事，走回車上陪他，再三鼓勵我務必打給我媽，把上次沒講完的話勇敢說出口。

我深吸口氣，要是有抽菸習慣，定會叼根菸抽個不停。

對著遠方眺望，把想說的話想明白後才回撥。響好幾聲，電話接通，我哥劈頭就說我媽氣得快七竅生煙，不只是氣我找外人說項，更氣那人竟然是我的同性伴侶，把一切責任都歸咎於我爸沒好好教養。多虧他，我連主動出櫃的權利都沒剩。

我耐著性子要他找我媽接電話，聽得出來她早就等在旁邊，只是等我開口。她接過去，正打算繼續我哥的話尾，我讓她等等，什麼話都等到我講完後再發表。

「我不習慣叫你媽，所以後面還是讓我用詹小姐稱呼吧。

「首先，關於同志這件事，跟誰養大的沒關係，即使你們沒有離婚，也不會改變這個事實，妳知道這件事也好，我也不用找理由敷衍。

「我明白妳近幾年的表現，無非是想要彌補心中的虧欠，但已經夠了，我不需要這些刻意的關心也不會給妳想要的原諒。妳當時做的決定，我尊重，既然事情過去，沒有需要回頭再檢討，也許當下這個就是最好的安排。

「我讓小平跟妳見面，那是因為血緣上妳確實是他的奶奶，我不希望他跟長輩相處的機會受到妳跟蕭明基離婚的影響。可要適可而止，那是我兒子，要如何教他都由我決定，請您不要干涉，更不要對他傳達立場偏頗的思想。」

原本下面的話我沒打算說，可我知道只要退縮，這些話就再也沒有見天日的一日。吞下口水，把積在心裡的那口氣完全倒出。

「有些年，我一直想妳當時選擇哥哥，一定不是我還小這個幼稚的原因，而是我不夠好，不夠懂事，作為母親的妳才會捨得放手。

「所以我一直拚命地向妳證明自己值得被愛，只有我變得更好，才能讓妳後悔當初的決定，才會覺得是妳做錯，而不是我。

「這個想法其實很扭曲，你們生下我，身上流著你們一半的血，血緣關係雖然決定我們是親屬，可我仍然是個獨立的個體，我能自己判斷也能作主，我的價值不該由你們決定。

「有了小平以後，這種感覺越是強烈，他終究有一天會過屬於他的生活，我只是他生命裡的過客。

「我和妳的交集在離婚的那時候就結束了，之後我們是兩條平行線。即便你們沒有離婚，家人看似緊密的連結，都還是平行的。

「我很抱歉，這些話早就應該講明白，一直拖著是我的不對。可以後不會了，我也不打算讓步。請讓我們雙方的關係都維持在符合禮貌兩個字的範圍內，這樣對彼此都好。

「就這樣。」

我等了很久，我媽的呼吸從快到慢，最後只說一聲知道了便掛斷電話。

不是親人就必須無條件原諒，反而因為是帶有血緣的關係，有些時候反而不能像原諒陌生人般這麼乾脆。畢竟我不是哪吒，不能重新做人或選擇還給父母血肉，只能繼續頂著他們的影子活出自己的路，在往後的人生中為自己下的每一個決定負責。

「爸比，快一點！」小平已經等得不耐煩，探出頭催促。

「好，來了。」

現在對我來說最重要的就是陪兒子，然後幫忙王爺公找出下一任宮主。亦輝看見我臉上如釋重負的表情，什麼也沒說，他知道我辦到了。

「佳里站到了——」

小平模仿高鐵廣播聲音，沿路不停大喊，對一個八、九歲的小孩，這幾日幾乎開眼閉眼都是廟，看見城市熟悉的麥當勞時，足夠興奮地手舞足蹈，車子裡又唱又跳，希望我們大發慈悲，放他下去買支蛋捲冰淇淋再走。可他腸胃炎剛好，家長還是別自找麻煩，省得又要待在民宿伺候病人，白白浪費臺南的美好時光。

舊時稱作蕭壠的佳里，以每逢子、卯、午、酉年的王醮刈香活動聞名，其中擔當主角的就是目的地——金唐殿，主祀朱雷殷三位千歲，乃是蕭壠三老爺的祖廟。

據傳當年朱雷殷三位千歲爺從中國泉州乘王船而來，本有代天巡狩之意，原先金唐殿主祀別的主神，後來神明降駕，蕭壠人特別赴歸仁的保西代天府迎回，而原來鎮殿的蕭府千歲、金府千歲、觀音佛祖、方府娘娘則改為陪祀。

佳里跟下營同樣都是平埔族西拉雅族過去的居住地，據傳蕭府千歲和方府娘娘是平埔族的頭目和頭目夫人漢化後得到的尊稱，可謂是一種文化融合的結果。

抵達金唐殿已經下午三點，若早點來還能順便逛個早市，順便吃臺南的隱藏版料理——肉粿，現在來只能看著店門口流口水。小平下車就喊餓，見到廟前賣酵母麵包的小販，大聲嚷著想吃，我讓他先等等，好歹等王爺公進廟後再買。

小平向來不忌鬼神，而且口無遮攔，見到正殿上的三老爺反而不敢作聲。我瞧神明表情沒有多煞氣，金身線條剛柔並濟，帶著一抹照看蒼生的溫柔，看過這麼多王爺像，可說是少數讓人望之不畏懼。

從正殿前的擺設能知平時有問事的服務，且相當依循古禮，除了備有神明降鑾時坐的椅子，還有舊時的梳妝臺及銅盆以供整理儀容。

我跟亦輝去後殿參觀，誰知繞一圈回來，小平仍站在三老爺前雙手合十，不似平常天真無邪，反而有種做壞事被抓到小辮子的彆扭。可惜他講得太小聲，聽不出喃喃自語說什麼，小孩子也有煩心事，還真刷新我的三觀。

我想起小時候，第一次看見王爺公，威武嚴肅的模樣，大氣也不敢喘，猜想小平應該也是同樣情況，於是偷偷從後頭接近，本想嚇嚇他，結果不得了，他整個身體彈起來，若不是我閃得快，鼻子早被撞得見血。

參拜的信眾見狀，有的是忍不住笑出聲，有的以為發生什麼事探頭，害得我面紅耳赤，趕緊點頭道歉。

「你嚇壞爸比了！」

「還不是爸比嚇我！」

「你在幹麼？跟三老爺講什麼話這麼認真？」

小平聞言，抬頭看神明，隨後低下頭，開始玩起手指。這個反應不對，應該有什麼事發生，可是要他講出來，我得順藤摸瓜，不能心急。

「你看見三老爺了？」

小平點頭後，我又問他在哪，他說剛剛還在，現在不見了。他一進廟裡，馬上被神明喚到殿前，講了一堆話，有些聽得懂，有些迷迷糊糊，不像是都對他說。

神明同時要聽信眾的煩惱，回應請示的筊杯，又有話對他說，小平不知道自己能不能走，才會一直站著。

「那神明跟你說什麼了？」

「爸比好討厭，一直問。」

「你不說的話，我就要問到明白為止。」

「沒什麼。」

「真的嗎？」

「真的！」

小平喊肚子餓了想吃麵包，跟我要錢，我又再問他一次，他不肯說我也沒輒，只能當成三老爺看他年紀小多叮嚀幾句，神明怎麼說也不會為難一個小孩。

「爸比，我做錯事的話，你會原諒我嗎？」

「這要看事情嚴重程度，你應該先坦白，我才能回答你。」

「喔。那如果我說謊呢？」

「爸比覺得說謊不好，但有時又非說不可，你願意告訴我發生什麼事嗎？」

小平臉對著我，但眼睛有意無意地偷瞄正殿，好像很介意那邊的情況，還像是發牢騷般叨念阿公有幫忙。我滿肚子疑惑，怎麼事情會和我爸有關係，可是沒等到我追問，他鬆口大氣說王爺公處理好了，還很大聲地「耶」。

小平握著手中的硬幣跑出去，我很想知道有什麼天大的事竟然要王爺公出面當說客才行，可惜我早就聽不見神明說話，只能做個麻瓜，有事也當成不知道。

反正沒事，亦輝還需要一點時間，我打開社群平台，多出三十幾則留言，隨時定位系統也有人正在關心這趟南巡之旅，關注的人變多，而且都是沒看過的新面孔。為了刺激討論，發幾張限時動態，可惜平安符不能當成禮物贈送，不然還真想作活動刺激人氣。

離開佳里，今晚住臺南市區靠近神農街的民宿，休息一日後就是麻豆池王府的擲筊重頭戲。

突然有點依依不捨，說起來十天的漫長南巡，竟然已經過了一半以上。果真是放假時間如流水，上班時間度日如年。

亦輝裡外看完一輪回來，小平邊走邊吃，眼中只有他的酵母麵包，完全看不出剛才還在煩惱。

「怎麼了？」回到車上，亦輝這麼問我。

「說不上來，覺得跟神明挺有緣的，下次再來。」

「好啊！」

「好啊！」小平也在旁邊搭腔。

今天去的地方不多，但還是好疲憊，果然說出真心話也很消耗體力，現在只想回去民宿躺著，什麼事都不想做，晚餐就交給亦輝負責了。

十五——一家人

去民宿前，先將王爺公送進西羅殿，好在我們是平日抵達，若遇上六、日絡繹不絕的參香隊伍，進廟等個一、二十分鐘也不為過。

古稱鳳山寺的西羅殿，主祀廣澤尊王，陪祀十三太保及妙應仙妃。廣澤尊王的特徵是圓目睜眼，原是牧童後來習得仙法成道，因此外型上像小孩。傳聞中，得道升天時太妃捨不得祂走，抓住左腿不放，傳到後世變成翹腳姿態，又稱翹腳神。

十三太保的神像與廣澤尊王很相像，普通人很難分出是翹腳神還是祂的小孩，也有一說十三太保是分靈的順序，各司不同職務。

廣澤尊王跟妙應仙妃結緣可說是古版的《當男人戀愛時》，當年仙妃的母親見到郭聖主的神像，玩笑話說可惜祂是神不是人，不然就將女兒許配給祂。結果翹腳神當真，趁著仙妃臨溪浣衣，送上金釵當成定情物。

仙妃收下金釵，代表點頭出嫁，父母無奈也只能送上花轎，經過祖廟鳳山寺時，一陣狂風襲來，連人帶轎捲入，待大夥進去一找，仙妃已經化作神像坐在廣澤尊王身邊。仙妃的父親是道士，哪肯放手，便施法鬥術，引大水進入。最後誰也沒贏，可聽說不論怎麼修，廟裡總有一處漏水，據說就是當年相鬥的結果。

池巡府沒有供奉廣澤尊王，可這趟南巡，王爺公降駕指名要在西羅殿停兩晚，素沒有往來，可抵達現場時，廟方竟已備好響炮和鼓陣迎接，還在想禮數為何如此周到，看見雞胗叔總算豁然開朗，他老家就在西羅殿附近，如今主委更是他的好兄弟。

他說昨天剛回來，今早特別去調陣頭迎接，雞胗叔身上穿著龍虎兜，說既然回來，當然要請王爺公降駕，好歹得有個乩身，才能撐場面。

降乩可不是說降就降，我們一團就三人，哪裡空得出人手幫忙淨身和送五寶，幸好他自帶小弟幫忙，感覺就像小說裡面本來簡單帶過的場景，突然變成重點戲，工作人員頓時一起湧上，連鄰居都來湊熱鬧。

雞胗叔年紀雖大，不過跟王爺公應該稱得上最佳拍檔，降駕失敗的次數寥寥可數，每回都是他喝酒誤事，但人只要在清醒狀態，一定能成功。

沒過多久，起乩反應出現。

我家的王爺公，平常扶鸞辦事時，雙手撐在桌上，聽信眾講話時不停點頭，有任何指示，以劍指代替硃砂毛筆居多。

降乩巡視時，一改溫文作風，右手撫鬚，左手收在身後，多半是持七星劍，腳踏罡步。最神奇的，若你站在隊伍最前面看，乩身的動作跟輦轎律動合一，前進的方式不像走路而像坐在轎上，想不留神注意都難。

遇到下班時間，圍觀的人變多，我對人潮踴躍的光景已經麻痺，精神專注在穩住輦轎，搭配前面的雞胗叔一起行動，而走在第一的小平，站在旁邊敲鑼，配合鼓聲，大概是有同年齡的人在看的緣故，比起前幾天更加有幹勁。

他跟我不同，不害臊也不容易臉紅，更不覺得有什麼好怕，反而有人關注，他就越高興，要說隔代遺傳到我爸應該有，在乎面子更重別的。

乩身拜廟以後，轉身回頭，持著七星劍信步走來，寶劍上下揮落，接著領我們向前，同樣三進三出，旁邊的人鼓譟「入喔」，我們也忙不迭停地衝刺、煞車、轉身、衝刺再煞車。從正殿裡傳來濃厚的香煙，左右鐘鼓聲此起彼落，最終將王爺公送進廟中，寄放在這裡兩天，禮拜五早上再來請回。

我們忙完，雞胗叔也已經退駕，看他雙腳軟趴的模樣，應該好久沒這麼忙過。說這次降乩比平常都難，難就難在王爺公比平常更有靈性，痛得他筋骨痠痛。我回他說大概是因為南下參香有用，等祂回到池王府祖廟，應該更加威猛。

雞胗叔要我把小平做的招聘宮主的告示牌留下，他這幾日都待在西羅殿，有空便幫忙宣傳。我謝謝他，再謝謝廣澤尊王，走到王爺公神像旁邊，跟祂小聲報備後天見，接下來我什麼都不管，只想趕快到走路五分鐘就到的民宿，先躺下來休息再說。

出來玩第一件事就是睡到自然醒，這幾日忙下來，當然沒有半夜起床喝牛肉湯的這種功夫，何況我問過多數臺南人，他們其實現在也沒這個習慣，畢竟隨時都能吃到的東西，哪裡有放著覺不好好睡的道理。

睡到日上三竿，我們三人出門尋覓早餐，民宿外頭就是藥王廟，神農街遇到假日從早上就有遊客湧入，可平常這種時候清靜得很，若要說吵就是對面的工程昨晚灌漿到八、九點才停。

這趟停在臺南市區，重點有四間廟必去，西羅殿昨日已經去過，剩下三間，一間是普濟殿，臺南府城最早的王爺廟，最初是供奉觀音菩薩的佛寺，後來迎入俗名陳文魁的池府千歲為主神，並且重建於西元一六八六年，也從佛寺改為現在的道教建築。

再來是大觀音亭興濟宮，建於西元一六七八年，先有觀音廟，隔年又建興濟宮，主祀保生大帝，廟方最有名的就是每逢農曆六月初六下壇將軍虎爺公生日時，名額有限的擲筊求小虎爺回家供奉，保佑生意興旺或家宅平安。

這趟來雖然不是時間點，可小平特別喜歡虎爺，他帶著相機南巡，拍我們的次數少得可憐，多數都蹲在案下拍虎爺公，有公有母還有一家三口，正面側面，甚至背後插著迎春花，只要是看到喜歡都拍，拍前還會說記得笑喔。

當初將舊的街拍機送給他，想不到小平這方面頗有天分，總是能拍出神像似笑非笑的神韻，還想過報名比賽，可他說要經過神明同意，想到要擲筊詢問意思就懶。

最後一間是鷲嶺北極殿，主祀玄天上帝。

鷲嶺乃是清朝臺南府城地勢最高之處，北極殿建於明鄭時期，特別之處在於全廟的柱子都是黑色，呼應上帝爺公象徵北方玄武。除了是國定古蹟，廟中還供奉少見的地基主，相傳是為逃避清廷耳目，將延平郡王鄭成功假以名諱替代。

今天移動的範圍不脫中西區和北區的範圍，亦輝提議用走的，沿途邊聊邊逛，前幾天幾乎都只能勉強填飽肚子，來到美食之都當然要吃個痛快。牛肉湯、豆花、起司蛋糕、八寶冰，沿路還要買個冬瓜茶或果汁解渴，一張嘴從醒來就沒停過。

離神農街最近的是普濟殿，位在蜘蛛八卦穴，八卦形容周圍像蛛網般發散的街道，而這正好能網住臺南府城這隻鳳凰，最早也是主祀觀音媽，後來迎入池府王爺成為主神。

普濟殿的平安符由池府王爺欽賜，正本現在收藏於臺大圖書館，信眾可在廟裡求取拓印本回家供奉。我帶走一張，順便捐點香油錢，也算是為王爺公表點心意。觀音殿也有自己的龍虎出口，與其說觀音媽陪祀，不如說有雙主神，端看信眾這趟目的。

離開普濟殿，我們朝著大觀音亭的方向移動，途中經過全臺首邑縣城隍廟，抓著小平進去參拜。這裡的城隍老爺除了判理陰陽，還主打保佑文昌順遂。這趟來，他除了前幾天乖乖寫作業，其他時候都在打電動，不免要擔心回去跟不跟得上學習進度。既然家長管不了，不如交給神明吧。

大觀音亭相當安靜，廟裡有藥籤，現代雖然求籤的人變少，可對老一輩人來說那是用來吃心安的。我想起阿嬤最後幾年，經常嚷著身體痛，有病也不去看醫生，而是走到保安宮參拜保生大帝，回來便覺得身體好多，就跟我們現在流行打卡的意義差不多。

而小平則是進廟就開始拍虎爺公，三百六十度零死角，看得廟方人員覺得好笑，問他在幹麼。我本想過去道歉，亦輝卻拉著我，建議讓他自己學著溝通，不要凡事都先幫忙回答，反而剝奪小孩學習的機會。

這話也對，我還不如求大道公保佑蕭明基身體快好，省得整天提心吊膽，光擔心他就無法好好過生活。半天已經過去，才走這麼一段路，我提議找個地方坐下喝點東西再繼續吧。

兩年前頭次拜訪鷲嶺北極殿，其實誤打誤撞，當時我扮演爸爸這個角色已經五年，跟亦輝剛同居，變成「三人」家庭。

小平出生以後，我接下更多翻譯工作，又得顧著水果攤生意，白天精神消耗，回家還要做家事、照顧小孩，每日睡不足八小時。身為單親父親，原先夫妻共同分攤的勞務，全由一個人承擔。

若有靠得住的父母親，還不致這麼辛苦，可我爸不惹事讓我收拾已經不錯，至於我媽，還是盡量離我的家庭遠點。

不論小孩出生前多麼希望擁有屬於自己的家庭，熱情還是會被消耗殆盡，幸好當時遇見亦輝，第一次約會知道我有小孩也毫無退卻之意，一句讓我幫你忙吧，澈底暖化我的心。

亦輝搬進來後，小平有過一段時間抵抗，小孩領域性很強，雖然見過面，但對陌生人還是相當排拒，加上他隱約察覺我們的戀人關係，一度將他當成敵人，甚至問過如果媽媽在的話對方是不是就會離開這種話。

我只能說小平抱著這種期待真是太天真了，世上沒有一個媽媽不對小孩囉嗦的，可不忍心打破他這個幻想，還好亦輝有耐心，慢慢融入我們的家庭生活。

生活持續著高低起伏，我慢慢變得不快樂，等察覺是憂鬱症復發，已經到了需要吃藥控制的階段。

亦輝看出我的情況不對勁，除了陪我看醫生，多分擔點家務，還有誦念經文，尋求心靈支持。有天他自作主張買張高鐵單程到臺南的票，放我幾天假。

我糊里糊塗地來到臺南，站在火車站前還有點不能置信，自己竟然真的來了，放下生意不做，放下小孩不管，獨自一人，在這個說起來陌生，但其實又曾來過幾次的城市旅行。

頭一日我就走到鷲嶺北極殿，殿內的玄天上帝，雙眼微閉，像在看蒼生又像在聞諦苦，有信仰習慣的人應該能體會，總是會突然有與神明特別投緣的感覺。當時的我就是待在那超過兩個小時，把廟裡的每尊神像、每個角落，甚至是籤或古鐘都澈底仔細地記在腦海裡，這樣還不肯走，坐在後殿的板凳上，閉著眼睛冥想。

回到臺北後，我持續治療憂鬱症，吃藥和諮商雙管齊下，終於全好，心底也默默許願有天帶著亦輝和小平一起來。

不知是王爺公窺知我的祕密，或是自己多想，要去的廟單中就有北極殿的名字。

我帶著他們就像當初第一次來，介紹北極殿的歷史和地理位置，龍邊的金龍栩栩如生，虎邊的黃虎一躍而下，玄武色的大柱，一貫不苟言笑的上帝爺公，點點發亮的燭光，合掌捧杵的韋馱尊者，靈山洞穴的十八羅漢，竹林慈悲的觀音法像，招睞桃花人緣的周公與桃花女，獨有的地基主和陳璸爺，加上一年四季的水晶音樂。

亦輝跟我坐在後殿板凳上，談天說笑，幻想很久的畫面終於成真，小平雖然坐不住，四處亂跑，但能這樣在一起，已經很滿足。

「爸比。」他衝過來，硬要坐在我的大腿上，也不想看看自己已經快三十公斤。

「什麼事？你是不是也很喜歡這裡，這可是爸比在臺南最愛的一間廟了。」

「不是啦，我想問你和亦輝叔叔是同志，那我是嗎？阿公說我也會變同志，叫我別跟你學。出門前還說要幫我收驚，說我被你們煞到。」

「你別聽他亂講，同志不會遺傳，竟然敢給你灌輸這種錯誤觀念，等我回去他就知道厲害。」

「那你們會結婚嗎？」

「這個……」我轉頭看亦輝，這個想法已經有很久了，只是沒得到對方點頭：「會啊，如果兩邊家長都同意也能接受的話。」

「不用我同意？」

我認真回答他同意與否也很重要，因為我們是一家人，我希望小平能多少理解這個家缺少一個人都不行。

「所以，我會多出一個爸爸？」

「那媽媽回來怎麼辦？」

「媽媽會永遠是你的媽媽，不管爸比有沒有跟亦輝叔叔結婚，這點不會變。」

「媽媽愛我嗎？」

「愛。」

「你怎麼知道？」

「因為這個決定是我們一起做的。」

我和楊曉萍討論小孩歸誰，兩人都沒辦法割捨其中一個，又不想他們長大以後有所埋怨，最後只好讓小孩自己選擇。我們弄了個像古時抓週的場面，由他們自己選，雖然小平不記得這件事，但是有錄影畫面為證。
「所以是我自己選爸比的。」
「你後悔了嗎？」
小平考慮很久，害我心情忐忑半天，身為一位人父，要親耳聽小孩愛不愛你，有種在法庭上等待宣告被告是否有罪的緊張感。
「不會啊，因為爸比很努力，只是會想媽媽而已。」
我高興得都快哭了，但還是忍住衝動，旁邊的亦輝點點頭，似乎很高興我們父子倆經過這次的進香之旅關係更好。
「那亦輝叔叔愛我嗎？」
沒想到矛頭一轉，小平接著問亦輝，而且還是愛不愛，他不知道大人不會隨便說出這個字，這個字代表承諾也是一種責任。
「愛喔！」
「因為神愛世人嗎？」
亦輝發出噗嗤笑聲，回答當然不是：「我愛你的爸比，但也很愛你，你們兩個人的愛是分開的。」
「那我一直叫你叔叔可以嗎？」
「隨便你叫什麼都可以。」
「所以，我也可以叫你爸比？」
「亦輝叔叔不喜歡爸比這個稱呼，好肉麻喔！」
「我也覺得，只有爸比才會喜歡我這樣叫。」

小平蹦跳到地板上，說剛才這些話都是王爺公要他問的，我才不信，可是看他害羞扭捏地臉上做出怪表情，就算不信也要說是是是。他要拍合照，相機對準以後又放下，不說一聲地跑走，真是難弄懂雙子座的想法。

我偷偷問亦輝剛才那樣回答好嗎，他說不知道，不過稱讚小平是個很聰明的小孩，他能自己得到答案。我謝謝他幫忙解圍，看來想保持從容、妙語如珠地回答小孩問題，還有得磨練呢。

沒多久，小平拉著顧廟的廟公回來，麻煩他幫忙拍照。

「一家人出來玩真好，哪個是爸爸？」對方將鏡頭對準前方，確認快門鍵在哪。

「對啊，這是我的爸比還有爸爸。」

亦輝跟我同時轉頭，小平沒發現自己的給的答案發在好球帶，一次就把我們通通全壘打。他捏著自己的臉要我們對著鏡頭笑，是啊，笑吧，這趟有他們一起出門真的太好了！

十六

向前看

回到民宿已晚，又要收拾行李，忙到十一、二點才睡。這幾日，生理時鐘已被調整成平常人模式，回去開攤不免要調整時差，必要時吞些褪黑激素。

北極殿之後，沿途又走進幾間廟宇，一天下來走路步數超過一萬二，小平的兩條小腿走到罷工，晚餐用完，亦輝和他先搭計程車回去休息，我趁著有時間再逛逛臺南街頭。街上人變少，車子過下班時間後也不多，我從孔廟走回西羅殿，不趕路，前後差不多三十分鐘。

雞胗叔說是幫我找到不少候選人，搞了半天都是原本西羅殿的信眾，頭次遇到這種公開徵求宮主的事，大家都覺得新鮮，你一言我一句，以為當天晚上就決定。聽到要往麻豆一趟，減掉七八成，留下來的只有兩位。

一位是雞胗叔從小看到大的鄰居小孩阿聰，身形壯碩，平常幫忙家裡賣草粿，臺南在地土生土長，現場還有他帶來剛炊好的米食，口感扎實又能吃出炒過的菜脯米香氣，難怪能一傳三代，每天早上十點就全部賣完。

阿聰年紀比我長點，今年已經四十五，前年才剛輪完西羅殿的值年爐主，聽見雞胗叔說起這事，提到自己四月十七日早上正好去麻豆送貨，打定主意要參加，確定報名。

我看他人不錯，而且對神明也虔誠，抵達時人正好在大殿上，近距離觀察王爺公的神像，那個表情和動作跟小平一模一樣。打聽之下，已經結婚都有兩個女兒，可能跟小孩相處久了，性子也較天真。

我們說好十七號當天早上九點見，阿聰說一定到，接到老婆交代買圓仔湯回去當消夜的電話趕緊回家，笑說再不走的話，家裡生氣，禮拜六哪裡也去不了。

另一位是雞胗叔的外甥，見面就要我稱他馬面，跟他不過說幾句話就開始套交情，別說王爺公喜歡與否，我這關就不通過。

好歹是接我家的宮廟，馬面開口閉口都是錢，講得到處投資天花亂墜，可聽起來沒有一件事情做成功。我也不好拒絕，只好交給王爺公決定，可他看那副沒有定性的舉止，真是越看越氣。

雞胗叔牽著馬面說要去海鮮攤喝酒，我留在這邊陪王爺公。整天下來，我也有很多事想跟祂報備，雖然沒帶神明進廟交陪，好歹也要口頭報告。

廟方已經將參香的紅彩綁在王爺公身上，數起來也已超過二十條，頭次出門這麼久，同時期的媽祖繞境已經回鑾，我們還在路上，池王祖廟連塊磚頭都還沒見到，不覺有些莞爾。

想當時聽到要南部巡迴尋找宮主，我還滿心不願意，其實現在也沒改變過，不過能跟家人相處這麼長時間，該說是託王爺公的福才有這個機會。我心裡還是不想擔主持宮廟的責任，但好像也不想隨便找個人接手，要的話還是得交給可信任的人。

扣掉明日，後天就要擲筊，我把手機裡面前幾天交換聯絡方式的大洋、王哥、賴老師都發訊息，提醒他們時間快到，社群平台上也給幾個報名參加的有緣人發私訊，來的人當然多多益善。

不過瞧著王爺公的神情，祂一副老神在在的模樣，我小聲地跟祂說請他高抬貴手放我一馬，這要是電影或小說都會演成最不想接手的人雀屏中選，環顧所有候選人，不是我又是誰呢？

我向祂表達願意讓賢，希望神明有聽進去，約好隔日一早來接祂，人便回去。

回到民宿時，亦輝正在帶團契，現在用視訊通話就能集體禱告，小平倒是一反常態，乖乖地在桌子前看書寫字。我湊過去檢查功課，國語、數學都已經完成，正在讀自然科的課本。跟我相反，我是文科聖手，他是理科冠軍，我們父子習慣相同，喜歡的都放最後，討厭的先解決，念書是這樣，吃飯也是這樣。

我要他別太晚睡便進去洗澡，出來時他已經上床睡覺，亦輝也已經結束團契，正在上傳錄音檔。我們一起整理行李，邊聊下午的事，他說自己頭次被叫爸爸，覺得有點感動，要不是有外人在，當場就有想哭的衝動。

我回他我才想哭，雖然喜歡小平叫我爸比，可是聽到他叫別人爸爸還是有點吃味。亦輝說這局是他勝利，我說從現在開始你才要輸，沒一個當爸媽的贏得過小孩。

幾天下來，小孩在身邊，連親熱的機會都沒有，只能趁著小孩不在，稍微輕觸嘴唇。我都已經快忍不住了，亦輝笑說再忍不過兩天，要我再去沖冷水澡，讓自己冷靜冷靜。我這樣還不算冷靜的話，早就扒光他的衣服，獸性大發了！

「快結束了！」我說。

「對啊，以後你會很想念這段時光。」

「我不會，我做人向前看，隨時要出來旅行都奉陪。」

從小經歷父母離異，加上我爸跑路，我的人生都是向前看的，才不要回頭，更不想重新來過，我只相信現在和自己能掌握的未來，至於過去就讓它過去，再快樂的事重新經歷也無法達到相同的滿足程度，還不如製造新的回憶。

「睡吧，晚安。」

「好。」

亦輝關上電燈，側身過來，主動吻我，小聲地說，回去以後要當唐三藏喔！我問什麼意思，他回說，三藏取經啊，這大概是我從他口中聽過最黃的黃色笑話了。

趁著西羅殿人還不多，請王爺公出發啟程。時間還早，廟方放個炮意思意思，沒有擺出像那天進廟的大陣仗，我心裡暗自鬆口氣。

離開之前，我到雞胗叔家跟他打個招呼再走，結果人清晨五點喝得爛醉回來，正躺在客廳藤椅上呼呼大睡，叫也叫不醒，地上躺著的還有姪子馬面，不愧是同一家人流著相同的血，我麻煩他的家人告知一聲，回到車上，宣布出發。

早上行程都在歸仁，先到靠近高鐵臺南站的武當山上帝廟，再往北開到保西代天府。

武當山上帝廟有一說是全臺最早的上帝爺公廟，最初是附近十三庄負責崇祀，可如今人口凋零，只剩下四庄。

現在看不出當年繁盛之景，可武當山上帝廟的地理之好，也跟南鯤鯓代天府相同，曾跟在地童子神爭地理，最後是觀音佛祖出面調停，前有上帝廟後有童子軍廟，共享香火。

去到那裡，時間尚早，廟公還在打掃環境，我們直接將王爺公請下車，有點半自助的方式將祂送進廟裡作客。

上帝廟不大，既然來了，走到後頭去童子軍廟參香。走過去才知道，原來廟方在後頭空地種了大片波斯菊，可惜我們這時候來還不是花期，不然將相機擺在花叢間，再以廟方的綠瓦屋頂做背景，搭配藍得簡直要出水的天空，應該不錯。

要離開時，不少住在附近的老人家用完早餐，前來廟埕聊天。小平拉著我去看廟左方龜蛇將軍的銅像，亦輝笑說祂們深情對望的樣子看起來更像情侶。約莫一小時，我們離開上帝廟，前往保西代天府，也是南瀛古三大代天府的最後一站。前兩站是南鯤鯓代天府和佳里金唐殿，當地人俗稱大人廟，主祀朱、池、李三府千歲。

這邊的三老爺是開漳聖王的部將——朱參、池文魁和李柏瑤，而非大家以為的李大亮、池夢彪、朱叔裕。

我們用輦轎送王爺公進廟，廟裡正好只剩一位女性工作人員，不敢燃炮，趕緊打電話找其他人幫忙。照理都是參香者自己準備炮竹，燃放也是，可是我們人手不夠，只好拜託他們。

亦輝趁著小平拍照，偷偷問我臺南廟宇為何都不開燈，我笑著說我也不知道，連大如新營太子宮的大廟，正殿照明也沒完全打開，只能單靠聲音聽見窩在大殿上方的雀鳥發出嘰喳的叫聲。

「吼，談情說愛！」

小平故意跑到我們旁邊，我看他八成是活膩了，才敢這樣講話。從昨晚起，他就開始敢開這種玩笑，連亦輝也跟著起鬨。不知道這兩人回去民宿的路上做過什麼，看他們交頭接耳，彼此間好像有祕密，還會把我趕到一邊說悄悄話，這在親生父親的眼中真有點不是滋味。

「喂，你們不要排擠我，我也想參與。」

「不行，這是我和小平的祕密。」

「兒子，你不能胳臂向外彎，我才是你爸比。」

「但是亦輝叔叔也是爸爸，這是爸比親口承認的。」

我被這一大一小玩弄於股掌間，又拿他們沒辦法。亦輝看我快惱羞成怒，走來安慰我沒事，小平只是描述桌下的虎爺剛才不想拍照逃走，他追著祂跑，只拍到虎尾巴，興奮地說毛是白色的。

「你真相信他講的這些？」

「就當童言無忌吧，現在讓他好好的享受，說不定以後會變成作家。」

我原本考慮讓他認虎爺當乾爹，但王爺公降駕指示沒這個必要。

依我看，小平不是對虎爺有好感，而是喜歡貓科動物天生的傲嬌和忽冷忽熱，因為他自己就是這種個性。

我們商量著時間還早，不如在歸仁附近晃晃，廟方人員建議我們去主祀保生大帝的仁壽宮走走，逛完差不多時間吃個午飯再離開。

說的也是，下午還有重頭戲，不讓小平睡個午覺精神抖擻再出發，又怎能嚇到他呢？

歸仁去麻豆開車最快也要半小時，路上我和小平打開歌本研究，臺語老歌這幾天唱得不少，國語千禧年前後的金曲也是一首接一首，我提議唱幾首英文老歌，可讓擅長英語歌的亦輝也忍不住想展現歌喉。教會團契為了炒熱氣氛，除了流行編曲的福音歌也會選些強調正向能量的流行樂炒熱氣氛，且說起歌喉，亦輝從小合唱團出身，不論哪個音域都駕馭自如。車子臨停在路邊，駕駛換人，歌手交換麥克風。

亦輝除了開車時有第二人格，手上有麥克風時，也是不同人格面展現。

有次去教會，亦輝正在臺上布道，手持麥克風，侃侃而談，一套五十分鐘的演講，不用簡報投影，也不用事先排演，起承轉合，說話的語氣及動作姿態，一氣呵成，連經文傳道也能充滿感情。

亦輝和小平輪流唱，我聽著他們的歌聲，徐徐開車，當他們唱到〈You Are My Sunshine〉時，對應外頭南臺灣炙熱的陽光，可說是太過溫暖。

亦輝在小平唱歌時，做出假刷吉他的動作，活生生就像是鄉村歌手。他帶著大家唱，唱到You'll never know, dear, how much I love you，當著小平的面吻我，後頭的小傢伙尖叫，我也差點握不緊方向盤。

外頭的陽光再刺眼，恐怕都不及車裡的人工暖氣，那麼暖，讓人冒出粉紅泡泡。一片歡樂中，麻豆代天府到了，兩位乘客依依不捨，堅持再唱一首再下車。

我們運氣好，這時候沒什麼人，王爺公來此也沒有加重力道，算是平平穩穩地進廟休息。來到這邊，當然不能錯過後頭的巨龍水晶宮以及知名的在地樂園——十八層地獄和天堂一遊。

小平還不知道裡面藏著什麼，亦輝也是頭一次來，只有我小時候就跟著我爸來過。當年頭一次進去可說是嚇得半死，裡頭燈光昏暗不說，逼真的地府場景、突然動作的機器還有聲聲哀號的慘叫，我現在想起來都回味無窮。

小平說他不怕，定要走第一，可腳剛踏進去，一股水氣和濕味傳來，他便馬上衝回來，小手立刻握緊我的手指，從他手掌心微微滲出的汗水，便知道正在逞強。

亦輝安慰他沒事，解釋基督教也有地獄，但是通過相信主耶穌身扛十字架承受世人的苦難，若能理解這層痛苦的涵義，願意與主聯合即可獲得救贖。小平露出困惑無解的表情，光要解讀這段話就能讓他忘記恐懼，可能眼前的十殿閻王審判還容易理解點。

「總之，心存良善，地獄就會遠離你。」

「阿……彌陀佛。」小平應該是故意這樣講。

「阿門。」

雖然牛頭不對馬嘴，但是氣氛輕鬆不少。

長大以後看這些機關，還有上面每個地獄的描述，有些還真是政治不正確，好比沒好好聽小姑和小叔的話而下地獄，忍不住想嘴他們婆家的人很難相處還會虐待媳婦，應該換他們下地獄吧。

我邊看邊竊笑，提議幫小平跟這些地府從業人員拍張照，他死命抗拒，說會拍到靈異照片，抵死不從。最後甩開我的手，奔向亦輝的懷抱，他一臉慈父樣的把人帶開，兩人還同聲罵我沒良心。

想我小時候被我爸嚇得破膽才真沒良心，哄我自己進去，一條路走多久都不知道，幸好遇見好心的大學生帶著我，才終於走出陰暗幽森的十八層地獄。

走至出口，不見小平和亦輝，我詢問站在天堂入口負責收錢的阿伯，確認兩人已經進去，我決定回到人間等他們，幸虧旁邊有自動販賣機，買個檸檬紅茶灌進肚子裡解暑，否則早就暈倒在地。

等到他們從龍口出來緩步走下，已經差不多三點半，小平拉著亦輝的手，兩人有說有笑，假裝沒看見我站在那，還故意繞一大圈回來假裝偶遇。

其實能見到他們和樂融融地相處，我真的很開心。

亦輝雖然沒說過，可是從一些小事還是能察覺他想跟每個人都打好關係，就算是我爸那種臭脾氣，都能找到方法相處。只是他個性正直，即使再疼愛小平，有錯還是會指正，以他一個外人身分，立場又曖昧不明，真是辛苦了！

「喔，這不是蕭先生嗎？你怎麼也來代天府，這麼巧！」亦輝還故意要小平配合，兩人一搭一唱。

「我們好像是搭同台車來的……。」

「是嗎？」

天堂的造景跟地獄差不多，兩人卻走了快一小時，我細問到底有何好看，亦輝說小平在裡面匍匐前進，他從電視看見蛙人兩棲訓練，硬要走一趟天堂路。

亦輝不阻止他，還跟著一起胡鬧，兩個人就當那裡是體操場，仗著也沒什麼人參觀，匍匐前進，又拿今天晚上當點心的玉米棒當槍使，一二殺、一二殺，玩到身上沾滿灰塵，渾身都是臭味。

「他胡鬧你也不阻止？」

「這是增進父子感情的方法。」亦輝得意地笑，然後用主耶穌祝福你，繞過我去洗手。

「小平，你怎麼不理爸比？」

小平別開頭，偷看幾眼，裝模作樣地說：「誰叫爸比故意嚇我！」

「好啦，爸比只是覺得好玩而已，以後絕對不這麼做！」

「哼！」

「我買飲料給你喝，好不好？」

要取悅小孩，亦輝還差得遠呢，好歹我單獨育兒四、五年，還是有點心得。

聽見飲料兩個字，小平就眼神發亮，立刻說好，亦輝念他這跟剛才約好的不一樣，但還是跟著我們一起去，再繞著周圍散步。

時間差不多，海埔池王府地處偏僻，加上我們人少，不好麻煩他們開火準備平安餐，進廟以後還要出門覓食，得控制時間才不致拖得太晚。

跑了這麼多天，終於要去池王府，想到明天還有重頭戲，不知該喊時間過得快還是慢……

十七——秋刀魚

小時候來海埔池王府，聞到魚塭的味道就有種回家的感覺，王爺參香時間通常落在六月底到七月初，臺南夏日炎熱高溫，水循環混合肥料的味道就更明顯，路上還能見到大量的蚊子飛舞盤旋。

記得某次抵達最前方的牌樓已經天黑，崇智表哥拿著瓦斯槍燃燒線香，火光中還能見到飛蚊撲過去，發出東西烤焦的氣味。

抵達前已經通知廟方，本想直接開進廟埕的停車場，簡單參拜後直接進廟。冷不防看見熟悉的身影，竟是崇智表哥還有我爸。一時間大腦反應不過來，直到小平喊出阿公，車子甫停就打開車門直撲過去，確認真的沒看錯。

在場不只他們，還有頭旗、鼓陣、范謝將軍，池王府這邊也準備北管樂隊歡迎，我問他們怎麼會來，兩人說臨時起意，蕭明基回家休養在家待不住，約崇智表哥一同南下。不只如此，劉叔叔也在現場指揮，好奇怎麼連他也在。

今天禮拜五，出陣頭的多數都有正職工作，不是六日的話很難找，原來是他拜託那些退休在家的老班底出馬。麻煩的是國內旅遊恢復熱度，訂不到遊覽車，後來運氣好遇到臨時取消，才能順利南下，給我們一個驚喜。

我是嚇到不知說什麼話好，偷問劉叔叔請這些陣頭的錢哪來，他說這幾年沒繳會費，就當是他今年獻給王爺公的聖誕禮。

劉叔叔和我爸好幾年沒聯絡，蕭明基主動打電話破冰，兄弟間光是這個舉動就夠了，何況南巡的事他從開始就參與，也想當面見識見識。

我爸說他們在這裡等快一小時，準備麻煩廟方人員聯繫，亦輝的「神愛世人」正好開進來，要我別丟他的臉，等會好好表現。

場面搞得這麼大，我想便宜了事也不行，拉著亦輝到旁邊要他等會精神點，王爺公每回來祖廟都特別有勁。

我爸說雞胗叔沒接電話，猜他不是喝酒就是酒醉，還真不愧是幾十年的朋友，一說便說到點上。

鑼鼓聲響起，前方頭旗先走，上頭繡著武興宮三個大字，助陣的北管樂隊同時響起，鞭炮一點，回祖廟進謁正式開始。

小平敲著響鑼跟在鼓陣後頭，我爸高興地在旁邊叫嚣，還邊做動作附和，旁邊有人遞上童子大頭，蕭明基戴上以後，跟著鑼聲繞圓跑，差點忘了這是他的強項，身高一六〇公分，扮起土地公或善財童子身高正好。跳幾圈，長期缺乏運動的他氣喘吁吁，體力早大不如前，還得靠劉叔叔把他扛到旁邊休息吶喘。

小平不受我爸的影響，幾日來什麼場面沒見過，加上受過金大哥指導，鼓聲急，銅鑼也敲在節奏上，都說小孩音感好、耳朵尖，不看人只聽聲音也能跟上。小孩子逞強，大人也玩在興頭上。

敲鼓的大哥是劉叔叔帶來的職業隊，小平初生之犢不畏虎，儘管看他的手敲鑼敲得有些痠了，可一個小手握著鼓棒還是不肯認輸。鼓陣、銅鑼看似相和，又互相比試，誰也不讓誰，頗有尬陣的意味。

前面亦輝喊著一、二、三、一、二、三，重點落在最後，鼓聲緩緩變慢，這收尾的工作他讓給小平，在緩拍之後，加上一陣急促的響鑼聲，節奏變成了一、二、一、二、一、二、一、二、一、二，最後那聲敲得特別響亮，鼓陣在它之前便已停下，當鑼聲停下，整個廟埕瞬間安靜下來。

廟方這時放炮，代表開陣結束，北管再度奏起，迎接神將拜廟，范謝將軍各有風華，揮動的雙手、信步邁前的步伐，雖然舞的人都年過六十歲，可說起這操偶的本事仍薑是老的辣。

舞范謝將軍跟其他神將不同，兩邊的一來一往才是真正的看點。

范將軍自然是不用說的，得找個身高合適的才行，一下手搖羽扇，一下拋弄帕巾，基本步伐左右開弓外，師傅行至定點，單腳站立，一鼓作氣地往前衝，在爐前大力擺動身體拜廟，體力差是不可能做到的。

等拜完廟，回頭請謝將軍，那才是真正考驗功力，劉叔叔這次請的職業隊，看來是下了重本。這會回頭，范將軍是跑得過去，二神相拜，神將舞得激動連頭後方的香條也飄落，險些連旁邊維持秩序的工作人員都險些被揮出的機關手打到。

范將軍牽起謝將軍的手，重現兩人未成神時的同袍之情，攜手向前，把祂牽到天公爐前，才依依不捨分開退至爐旁。

謝將軍的比例長，可從扛將師傅的步伐以及神身抖動的程度，仍然可見他的用力和投入，以為這樣就完了，范將軍又對著謝將軍再次相拜，兩方一來一往才總算結束，看得亦輝也一時分神。

最後，輪到我們了！

迎合輦轎的晃動，比起前兩天，王爺宮回到池王府整個精神振作，可我們這幾天也不是白混，腳步配合著整個轎子，前後前後的走，右手抓著轎腳，重心放在左肩，左手輕放，不論轎子搖得再大力，只要一習慣，仍能輕鬆有餘。

在一陣炮竹聲中，亦輝喊一聲衝，我跟著他衝進白霧裡，感覺到腳邊的飛炮竄動，我邊跑邊跳，注意著前方動靜。

隱約見到金爐，已經做好準備，三、二、一，亦輝和我同時轉身，前後顛倒，衝回後頭，正要剎車再轉，突然感覺到轎子有原地打轉的感覺。

輦轎順時針旋轉，打亂我們的節奏，可無妨，我們早就感覺到，身體立刻跟著跑起來，順逆各轉六圈才終於停下，周遭發出鼓掌的聲音。

第一回合結束，亦輝確認我準備好，第二次衝廟，轎子的力量更大，更難煞住，而且左右壓轎，身體還沒從右邊回到正中間，馬上又下去左邊。來回幾次，抓住轎腳的手已經隱隱感覺到皮膚和轎腳摩擦後的熱度，差點以為手要著火。

就在我們兩個以為要抓不住時，旁邊看的崇智表哥、劉叔叔過來一起撐住。原本兩人抬的輦轎，變成四人，一人負責一隻轎腳。

崇智表哥教我們站外側，確定每個人都抓穩後，喊一聲退，四人就像先前訓練過般，腳步相同，左腳右腳，退回最後。

我爸這時也加入，獨自一人站在轎身裡面，穩住重心，交代這是最後一次，只能進不能退，不論轎體震得多大力都不能鬆手。

他將插在王爺公前的香穩穩插得更深，問我們準備好沒，不過幾下功夫，已經全身汗流涔涔，可越是這個時候反而越興奮，小時候站在旁邊看得我不懂，只是等著進廟插香然後吃晚餐。

現在我才懂站在這裡送神入廟的感覺，其實比什麼都還過癮，這是面子問題，不能讓神明丟臉，更不能讓人看不起，終於明白拚陣的原因。

我爸喊進，大家一起跟著吆喝，炮竹炸得比前面都還要猛烈，幾乎是堆成一座小山，我屏住呼吸，否則就要吸進濃烈的硫磺，沾得全身上下都是炮灰，可唯有一路進到底才行，這才是跟王爺公的情分。

我們在天公爐前煞然停下，王爺公似有感應這是最後一次，晃了好大一下，幸虧是四個人紮馬步穩住，否則說轎體會一飛衝天也不為過。

拜廟結束，解開王爺公，安安穩穩地過爐將祂送進廟中，鐘鼓打得有力，好像站在最外頭就能聽見，終於這趟南巡之旅，總算要上重頭戲了。

想不到劉叔叔他們準備了烤肉的食物，炭火在我們進廟前已經準備好，特別起了四爐，連廟方主委都前來同樂，順手送上好幾打啤酒助興，我爸高興到忘記自己有痛風，啤酒罐拉開大口暢飲，最快明天就會痛得他無法下床，到時再看他咎由自取。

我爸逢人就宣傳明天擲筊決定宮主的事，對池王府也是前所未聞，我們還沒來前已經問過開基池王，神明也已經同意，如今每個人包括廟方都引頸期盼這場重頭戲。

小平跟著我爸忙前忙後，他有阿公這個靠山，哪裡還需要裝乖，見他堆滿笑容諂媚的模樣，不知前幾天是誰把蕭明基批得無一處好。

亦輝累得坐在廟前石獅子旁，池王府三川殿外搭起鐵架，正在重新粉刷裝潢，他也不怕上頭掉下瓦片或磚頭，圍在脖子上的鵝黃色毛巾，早不知用手擰過幾次。我換條新的給他，舊的等進房間以後再用肥皂搓揉，放著不管，不只有阿摩尼亞味，還會變得濕黏，說人是用土捏成的，這話還真的不假。

「沒事吧？」

「喘口氣，你去找你爸，我沒關係。」

亦輝和我爸相敬如賓，知道他還沒接受兒子是同志且有男朋友的事，不願我夾在中間難做人，始終保持安全距離。

這趟路，他可說是從頭出力出到尾，就算我爸不把他當成我的另一半對待，怎說也不能放他一個人在旁邊吃冷飯。我拉著他去烤肉，劉叔叔馬上熱情招呼，誇他不簡單，一個基督徒抬起輦轎架式十足，我說要是看到他在南鯤鯓被抓生乩的模樣才真要瞠目結舌。

崇智表哥問了我們去魁星爺祖廟明聖宮的事，我讓他等等，從錢包裡掏出一塊平安符還有香油錢的收據，我知道他擔心家裡的小孫子書念不好，特別幫他求的。

我爸從頭到尾都在弄孫，忙著烤青椒和雞肉串餵他最愛的孫子，眼睛連正眼都沒瞧過亦輝。其實即便我不說，劉叔叔和崇智表哥應該也猜到亦輝是我的什麼人，畢竟兩個男人行為舉止這麼親密，早就超過朋友的分界。

蕭明基想裝沒事，我就越介意，亦輝笑著調侃我們父子同個性格，都是吃軟不吃硬，勸我還是別自討沒趣。

「可我就是看不慣他這點。」

「你爸又不是今天才這樣，我早就習慣。」

「這種事怎麼能習慣，你好奇怪。」

「我不是說我習慣被人不禮貌對待，而是我們不能強迫他接受，這是他的自由。至少，他也沒把我趕走。」

「誇張！」

亦輝笑我看太多劇，講話總像個演員帶著肢體表情，尤其是生氣時更明顯。平常更新社群平台，一天有好幾個小時都泡在網路上，現在流行什麼、討論度最高的話題，只要問我準沒錯，貼文總要追上最新潮流才不致落伍掉粉絲，哪裡曉得我其實只想好好講話。

「我發現只要事情扯到你爸媽，你就什麼話都敢講什麼事都敢做。」

「有嗎？」

「有！這個時候，我就覺得你還是個小兒子，事事都求關注。」

「我求我爸媽關注？」

「難道沒有嗎？」

「才沒有。」我嘴上抵死否認，心裡卻有種死鴨子嘴硬的感覺。

「總之，別找你爸講我的事，我會自己想辦法讓他不討厭。」

亦輝都這麼說了，我也只能乖乖配合，隨著烤肉味四竄，肚子也咕嚕咕嚕地叫，最後只顧著填飽胃，塞進大量的肉和蔬菜，還得小心長輩灌酒，否則明天酒醉不醒，錯過大戲，那我這趟來就算白忙一場。

亦輝捲起袖子也加入烤肉大隊，早就知道最後會變成年輕人效力，老年人退居幕後坐著聊天的結果。他們喝起酒來，根本顧不上吃飯，酒一杯接一杯，桌上的食物只是放著等酒冰涼的消磨品，他照樣送進去，把冷掉的時候端出來再加熱，然後送進自己的胃。

烤得差不多，全身也沾滿木炭味道，加上一整天下來，用搓的都能從皮膚上搓出顆顆鹽結晶，差不多該溜回房間洗澡沐浴。

「嘴巴張開。」亦輝看我手停下來，餵我吃塊五花肉。

「謝了，你有吃嗎？」

「有啊，吃了一條玉米、一塊豬血糕、甜不辣還有一條秋刀魚。」

「秋刀魚？哪來的秋刀魚，我怎麼沒吃到？」

「都在那群大人桌上，沒有我們小孩的分。」

這下換我虧他幾歲還稱小孩，亦輝卻是得意洋洋地反擊我：「你爸這樣叫，又不是我自稱。」

「秋刀魚是我爸的最愛，他捨得分你？我不信！」

我爸把亦輝叫去，本來還擔心是不是哪裡伺候地不好，又想找他麻煩。果然開口又是你們這些小孩，把我們倆嫌得沒一處好。

「這兩个毋成囝，王爺公跟佪出門南巡，無予佪拍無見已經萬幸。恁敢知影遮個少年仔信的是基督教？閣共王爺公請佇咧神愛世人的車頂，無氣死才是奇怪！」

蕭明基舉起酒杯，邀大家乾杯。亦輝從來不喝酒，看著他們一杯接一杯，只覺得傷肝，還是有忍住不講，免得我爸叨念更久。

「明天以後就沒你們的事了，有歡喜無？啊煞煞去啦，佮你這个信基督的說遮的創啥，你們又不用換宮主，不會了解我們的辛酸。」

「雖然……不用換宮主，可是聚會所的牧師也是要配合調度移動。」

「我知道，就是換教宗對吧？」

我爸本來消遣幾句就想趕他走，想不到亦輝拉張椅子坐下，看他們杯裡的酒見底，幫忙填滿，自己也倒一杯。

「不會喝就別硬喝，等咧若啉酒醉，我就共你扛去廟仔面頭前，下暗共五營將軍鬥陣顧暝。可別以為獻殷勤我就會買帳喔，我蕭明基毋是耶穌基督，不會像你們的神明那麼博愛。」

亦輝一句話也沒反駁，只是邀我爸喝酒，這步棋下的有點沒章法，不說我爸這個主動挑釁的人摸不著頭緒，我也聽得迷糊，要他繼續說。

酒過三巡，我爸看亦輝什麼也不講，只是勸酒，問他到底想幹麼：「無代誌緊離開，佮你講幾句仔耍笑詼，敢講就生氣矣？」

亦輝笑笑，說這種事哪有什麼好氣，解釋了他們算基督新教，教宗屬於天主教，兩教對於教義有解釋上的不同，而對非教徒而言，外界把兩教混在一起也屬正常，若要單從外相區分，天主教的十字架上有耶穌基督，基督教則只有十字架。

「你莫佇遐想空想縫，不用對我們傳教，遮都信王爺的。」

「說到王爺，我有一事請教。池府王爺和祂的四個兄弟有什麼不同？或者，王爺和玄天上帝有何不同？跟媽祖有何不同呢？」

「這個……。」

我爸也知道亦輝是故意這麼問，很想舉些實證，可除了人不同、性別不同、成神的經過不同、保佑的方向可能有點差別，基本上祂們沒有不同，都是保佑信徒平安順遂。

「這趟下來，我看到王爺有代天巡狩的任務，還有專門掃瘟疫，媽祖娘娘是海神，聞聲救苦，甚至有一說危急的時候要喊媽祖婆，不然等祂化完妝就來不及。姻緣要找月老，身體健康要找保生大帝，公理正義要找關公，求小孩要找註生娘娘和十婆祖。」總之，亦輝如果開始講道理，沒人能阻止他，只能等他到段落才能打斷。

「是十二，十二，毋通共人減兩尊。」

「對，十二婆祖，這路來還看到花公花婆、童子君，神明太多一時也講不完。

「相較下，基督教只有一神，好像很簡單就說完了，其實每個教派也都有自己對教義的解釋，有堅持聖靈的存在，有否認瑪利亞的地位，就連天主教鼓勵信眾讀玫瑰經都有爭執。還有，不光是教義，關於離婚這一塊，基督教是同意離婚，天主教是不同意。有這麼多的不同，所以宗教才會有趣，而每個人相信的都是他選擇相信的……。」

「啥？」

我爸已經不知道亦輝在說什麼，連旁邊坐的幾位叔叔也聽得眼神矇朧，深怕被他點到名站起來分享看法，連忙幫自己把酒填滿，假裝忙著喝酒沒空回答。

「恁共看覓！這就是阮後生佮意的查埔人，講遮的攏聽攏無，踅踅念毋知影咧念啥！」

「我啊，一定是酒精上腦亂講話，讓各位大哥見笑了！」講完，又往自己的杯裡倒酒，不過這次只是淺嘗，他怕自己最後真的醉倒。
「不會喝就別喝，等下你們的神明跑來跟我們抗議，說我們人多欺負你一個。」
「我覺得神……本質上都是一樣的，祂們不鼓勵爭鬥，一切都是以善為出發點。」
「那遇到意見不同怎麼辦？若親像今仔，我無同意你佮偉誠鬥做伙，你做再多都沒用，那你怎麼辦？不要以為恁爸以後若過身去，你們就可以為所欲為，你食較穩！我做鬼嘛欲共恁監視，看有沒有背著我亂搞！」我爸說得臉都紅了，旁邊的叔伯讓他別激動，暗示亦輝找個理由離開。
誰知亦輝正經地回答他：「背著你搞也搞很多次了，蕭叔叔是真的想要現場看嗎？」
「你……。」我爸被他氣得不說話，把杯底的酒喝得一滴不剩，亦輝作勢幫忙倒，他也不肯。
「我以為，如果是王爺公的話，一定會這樣回答。」
「你這個基督徒，阮王爺公啥物時陣輪到你講東講西？」
「聽我說完嘛，我這只是假設，王爺公也一定知道我和偉誠的事，祂一定會說——」
「說什麼，說贊成你們在一起嗎？」
「祂會說，結了婚如果不適合再來找我做主，其他的我管不著。」
「你你你——」
「等我和偉誠結婚的時候，蕭叔叔和王爺公一起來，同志婚禮都是世紀婚禮等級的，我還會幫自己證婚。」
「誰說同意了！你給我滾！」
「我也差不多該滾，外面的肉要焦了，我得去翻一下。」

「不用送進來了。桌上都被你烤的東西塞滿，已經夠了，你們烤自己想吃的。」

「是，收到。」

「我無想欲閣看到你這張臉，今天晚上都不准再出現，敢對長輩講這種話，還是這麼多人面前，一點仔面子嘛無留乎我。」

「都說是醉話了。」

「醉你去死！」

亦輝正要離開，蕭明基要他站住：「還有什麼事嗎？」

「阮乖孫剛才就想睡覺，你等下有空把他帶回房間，還有這個拿去。」

我爸再給他一條秋刀魚，說知道這是他最愛吃的——亦輝特別喜歡魚肝，說有一種甘苦味，特別香。

「你說醉話，那我也說醉話。」

「什麼？」

「王爺公沒空管你們結不結婚，離婚也不要告訴祂，反正你們又生不出小孩，要結就結要離就離。我更加無愛管，伊自細漢我什麼時陣共管過，攏嘛伊管我較多。」

「神愛世人。」

亦輝丟下這句莫名其妙的話當結尾，我爸這些話也不知是醉話或真心，且他是何時知道亦輝愛吃魚的，聽得我屁股坐不住，還是他拉著我不讓胡來。

「上次，我去你家吃飯，把魚吃完，大概是那時候吧。」

那次亦輝跟我爸第一次見面吃飯，多少有點見父母的意味，他拘謹到連伸長手夾菜都不好意思，只好一直夾面前的秋刀魚。

「你爸記得這種事。」

「我爸竟然會記得？」

「搞不好……。」

搞不好的後話，亦輝沒講，他露出神祕微笑，說要帶小平回房洗澡，我也正有此意。走進房間，我才想明白。

我抱著亦輝在原地旋轉，小平露出一臉不解的神情，他現在只想洗澡，換上乾淨的衣服，滿口抱怨親愛的阿公嘴臭，滿嘴都是酒味，這爺孫的感情我是真的看不懂！

洗澡出來，看見小平光著身體在榻榻米上像隻蟲滾動，我把衣服丟過去命令他立刻穿上，玩得正瘋哪肯聽我的，亦輝也陪著他胡鬧，故意裝作沒聽見。見他們結為聯盟，這下換我想個法子整他們：「我是好心相勸，等下被蜘蛛咬到時別怪我沒事先提醒。」

「蜘蛛！」小平最怕蜘蛛或喇牙，即使小的用面紙輕輕一捏就死，還是會瘋狂大叫，直到有人幫他處理為止。

「卑鄙小人！」

亦輝看穿我的意圖，我做出我贏了的表情回敬。

本來只是嚇嚇小平，結果他寸步不離身，深怕蜘蛛從哪個地方竄出來。亦輝笑我自作自受，丟給我自己收拾殘局，悠哉地跑去洗澡，還祝我好運。

好險，他白天玩得夠累，剛才又繞著我爸跑，沒多久就睡得像隻蝦，整個身體縮在一起。我往床鋪附近噴些樟腦油驅蟲，幫他蓋上被子，免得著涼。

亦輝洗出來時，我已將行李收拾好，兩人出去走走，樓下的酒客掛的掛、醉的醉，每個都滿臉通紅，不喝酒的崇智表哥，跟我們一樣洗完澡出來廟埕晃晃。這趟嫂子沒一起來，他一個人也無聊，沒個對象能講話，已經準備回房睡覺。

「明天早上別睡過頭，知道嗎？」

「知道，但又不一定是我。」

「你沒擲到的話，我還要煩惱把魁星爺和太子爺請回家，所以加油！」

崇智表哥沒參與明天的擲筊大賽，我的兩個表姪子都已成家也都住外面，平常只有過年過節才會燒香拜拜，時間的話還太早，可他已經想到自己的身後事，知道請神容易送神難的道理，不想給後輩增添困擾，所以這次忍痛不參加。

我跟亦輝走去外頭馬路，烏漆抹黑的，跟兒時來差不多，只差在路面變得平整，路燈變多，其他幾乎完全不變。

亦輝說外頭看起來只有魚塭也沒別的，不如回廟裡去，還有十分鐘廟門就要關閉，他去東瞧西看，我燃香祝禱，跟神明報備一聲。

「王爺公在上，弟子上禮拜五出發，今天抵達池王府，明天就要擲筊決定宮主，路上多虧神明保佑，沒出什麼意外和大事，才能順利抵達。

「王爺公，我是說我們池巡府的王爺公，指定走這趟南巡，又提出尋找宮主的要求，來到祖廟給開基王爺公添麻煩，希望一切明天大局底定，事情能有個圓滿結局。

「弟子從小就來參香，雖然一年見一次，但也希望開基王爺公留個印象，明天千萬別選到我。我對神明是很虔誠的，可是講到開宮廟，真的不合適。

「不是我愛推託，可我從小就在宮廟長大，知道這不是容易事，現在有水果攤和翻譯工作，還得照顧小孩，每天時間都卡的很緊，已經是八爪章魚，忙到手腳都要打結。偶爾幫忙我爸打打下手，時間已經很緊繃，若要經營宮廟，真的有困難。

「明天不管宮主是誰，我都還會是王爺公的信徒，至於池巡府要何去何從，我恐怕就有心無力。請兩位王爺公高抬貴手，千萬別強人所難，拜託拜託！」

我站在香爐前，講完這些話，三支香都燒到剩下一半，插進香爐再三拜，希望神明聽見我的話，成全一片心意。

轉頭，亦輝拿著手機對準我，我問他幹麼，他笑著說剛才幫我開直播，已經把我誠心禱告的模樣傳到網路上。他將原本的後鏡頭改成前鏡頭，頓時我們兩個人都出現在畫面上，同時觀看人數竟然超過五十人。

「嗨，各位好我是亦輝，是水果攤老闆果C小爸的親密友人，現在讓主人翁跟大家打招呼。」

我壓根就沒打算直播，而且穿著短褲和吊嘎，完全不符合平常文青人設，只好露出尬笑，順便糾正：

「哈囉，各位朋友，我是果C小爸，這位是我的枕邊人，說什麼親密友人的，大家都知道好嗎？」

亦輝把鏡頭帶到廟的各處介紹，包括大殿裡頭燒剩的天香遺跡，以及抬頭聽見的雀鳥聲，當起比我更稱職的導覽員。

「大家都有聽到小爸的心聲，他是真的很不想當宮主。」

「我是讓賢，絕對不是客套話，若有臺南的朋友，或有興趣的外縣市朋友，明天早上九點前記得來登記參加。」

廟公提醒時間到了，我和亦輝一邊講話一邊走出去，正好拍到背後廟門關閉，以為差不多該結束直播，結果沒有，還幫我胡亂下結論。

「各位朋友，小爸他只是客氣，可我覺得沒人比他更在意王爺公落腳何處。請大家明天幫他加油，我們也會準時開直播喔！」

這次真的結束，沒等我澄清，亦輝已經說再見，切掉畫面，留下一臉錯愕的我，問他幹麼陷我於不義。

「你真的不想當？」

「不想。」

「可我覺得，真的不想你就不會出這趟門，更不會這麼在意這件事。」

「我……我只是捨不得把王爺公隨便交給人。」

「你是不信任祂選的人還是不信你自己？」

「這又關我什麼事？」

「有關係，你找很多理由說自己不適合，會不會只是想聽見別人說『哪會，你很棒，果然沒你不行』。」

我能聽出來亦輝是真的這麼認為，交往三年，我是個什麼個性的人他最清楚。

「我哪有！」

「哪裡沒有！嘴上說著自己不懂翻譯科普書，可聽見別人說果然這本書還是非你莫屬才能翻好時，還是會露出得意的表情。不止這件，我現在光想到就有好幾次。」

這兩件事怎麼能混為一談，他說的只是一本書，而池巡府是一間廟，責任不同，意義更不同。我明明可以這樣反駁他卻說不出話來，不得不承認他說得不完全錯，我確實是享受在虛榮裡。

「大方一點，明天好好爭一爭，王爺公也一定會希望你這麼做。

「我告訴你，耶穌基督做每件事都很篤定，祂從不質疑自己說服異教徒的動機，都是出於讓這個世界更好，讓人也能上天堂。可祂做這些事，都不是要人稱讚，而是祂能面對自己的真我，堅定地踏在追求真理的路上。

「我們，不論我和你，做任何事情，都該有這種決心，我看得出你只是不想承認自己其實喜歡這一切，你的青春期太長了，該畫下句點，不然以後一定會後悔。而且——」

「而且什麼？」

「你只是嘴巴不服輸，也該試著跟你爸和解了。」

我沒回他話，拿走車鑰匙，一個人去車上靜靜。

亦輝將事情看得太透，一點情面都不留。不能否認，我對蕭明基的感情很複雜，既想像個兒子崇拜老爸，又知道他這輩子都不可能成為可靠的大人，而且不論我怎樣鬧脾氣，都不能拿王爺公開玩笑，雖然祂干涉我的人生很深，但多虧祂的保佑，我才能平安長大，有一個屬於自己的家。

「蕭偉誠，你都當爸爸的人了，難道還要跟自己的父親嘔氣，怨嘆他缺席成長嗎？連亦輝都能跟他放下成見好好地說上話，你這個當親生兒子的怎麼能輸！」

「對嘛，按呢才對！」

恍惚間，竟然以為聽到三太子的聲音，我爸南下，把祂也一起請來，說是身為池巡府的開路先鋒，不能缺席這次好玩的事，果真該來的神明和人都到齊了。但怎麼可能，我都多久沒有這種體驗，應該是聽錯吧！

「頑顳弟子！」

我覺得祂又補上這一句，但我承認我是真的笨，現在才想清楚這件事！

等我回去時，亦輝早就睡得發出打呼聲。明天的事明天再說，忙一整天，我早忍不住呵欠連連，眼皮重得連怎麼睡著都沒印象。

十八

仙人跳

一早起床時，亦輝跟小平已經不見人影，看手機才早上七點，刷牙洗臉後下樓，我爸還在房間休息。

我聽見小平的笑聲，原來在軍事公園，正在戰鬥機旁邊追逐，亦輝追在他的身後，坐在旁邊看的還有崇智表哥，他習慣早睡早起，這個時間出現在公園也不意外。

「早！」亦輝交代小平跑慢點，讓他自己玩，把我拉去旁邊說話：「想清楚沒？」

「我本來就會參加。」

「我是說你下定決心沒？」

「一半一半，但也要看王爺公給不給面子。還有，有件事你說的很對，我滿虛榮的，跟我爸一樣都很愛面子。」

亦輝笑著說我有自知之明很好，還說我們一家三代個性都一樣。

半小時後，我們跟著崇智表哥一同去飯廳享用早餐，白粥裡加上地瓜塊，炒高麗菜、鹹鴨蛋、肉鬆、菜脯蛋還有肉汁，都是配稀飯的好夥伴，桌上還有牛奶饅頭，一人一粒。

用到一半，手機接到大洋電話，說人已經到，我邀他進來一起用早餐。

幾天不見，大洋晒得更黑，全身沒一處是白色，只有黃銅和紅銅兩種，分別代表晒傷後以及正在晒傷的兩種狀態。他中途換火車，漏夜走來，說夜晚走路比較涼爽，路上也沒車，不用擔心危險。

「很多人報名嗎？」大洋問。

「多不多不知道，反正少不了你。」

我們留他慢慢吃，先去正殿張羅，廟方已經幫我們將神像請到正中間的供桌上。崇智表哥要我先給神明上香，姓名、出生年月日還有地點都不可缺。

「小平，去叫你阿公起床，東拖西拖的。」

「好！」

崇智表哥的個性急，做什麼事情都求快，這世上就只有他還能治得了我爸。等人之際，廟埕一輛車子開進來，王哥下車，嘴裡還咬著檳榔，快進廟時才吐掉。他拜完廟，登記完畢，跟我說本來太太要帶小孩一起來，可小孩昨晚發燒，留在家裡照顧，原本要回娘家也改天。

「沒關係，妹妹回去還哭嗎？」

「不哭了，我老婆說跟池王有緣，交代我從這裡再帶個平安符回去，放在床頭。」

「那就好。」

沒過多久，大洋進來，崇智表哥幫忙他登記，王哥誇他年紀輕對民俗傳統的事這麼感興趣，相當難得。他說自己也是從小看陣頭長大，不過沒機會接觸，接下來打算離職考研究所，繼續研究非實體遺產。

他們說話時，雞胗叔帶著馬面進來。

崇智表哥將雞胗叔數落一頓，問他前晚有沒有喝酒，他說怕今天王爺公降駕，昨天滴酒不沾，可聞他身上還有酒氣，看來是前天留下的還沒退乾淨。

馬面跟第一次見面一樣，講話大聲，不停誇海口，我看大洋的表情，知道我倆想法相同，差點忍不住笑出聲。

後面陸續來了幾位生面孔，稱是社群平台上面的粉絲，還有一些是看到推文來湊熱鬧，看他們連香怎麼拿都不會，我很懷疑王爺公是否願意跟他們走。不過，人越多越好，當是湊個人氣，加加減減，已經有十來位。

八點五十分，還剩下十分鐘，接到賴老師的電話，說人在臺南市區，遇上輪胎出狀況，無法趕過來。我讓她把車修好，邀請她下次有機會再到池巡府吧。

「雞胗叔，你那位鄰居阿聰呢？」

雞胗叔說人一早就出門送貨，託他老婆打電話也沒接，大概忙著送貨。可說人人到，阿聰開著貨車駛入廟埕，匆忙下車，連車子都沒熄火，嚷著要參加。

我讓他先喘口氣，把車子停好，今天是禮拜六，來參香的肯定不少，不能擋到行進路線，不差那幾分鐘，阿聰才放心。

算算人頭，已經差不多，我爸捧著肚子走進來，我問他小平去哪，指著後面，看一眼，差點沒昏倒，竟然是我媽和我哥。

「你們怎麼……來？」我跟我媽很久沒有真的面對面，說起話來緊張到結巴。講電話是一回事，但見到人又是另外一回事。

「我們昨天晚上就來了，住在麻豆的民宿，剛才已經燒過香。在哪邊登記？」

我攔著我哥，問他來這邊胡鬧什麼，他說是我爸讓他們來。

「是你通知的？」

「對啊，英宏嘛是阮囝，我愛增加跋贏的機會。」

「服了你！」

我媽對我點個頭，她穿著休閒ＰＯＬＯ衫和運動長褲，牽著小平，追著上頭的鳥在大殿內走來走去。

我告訴自己別在意，話已經說明白，能夠和平共處是最好，小平高興最重要。

亦輝走來說時間差不多，只剩下我沒簽名，我簽上自己的姓名，寫上去時發現他的名字也在上頭。

「你怎麼也在？」

「見者有分。」

「萬一真的擲到怎麼辦？如何跟你爸交代？」

「這些都是後話，等成真再說吧。」亦輝越輕描淡寫我越著急，宮廟這種事可不能開玩笑，尤其是我家的王爺公如此執拗，可不能事後反悔。

「沒有，你再想想，你一個牧師，出來進香已經夠荒唐，聚會所要你接，一個不小心再多出一間廟，你是打算中西合璧天下無敵嗎？」

「據我所知，一貫道不就如此，又不是沒有前例。」

「陳亦輝！」

「蕭偉誠！」

我們兩個在現場大聲起來的模樣，引起眾人關心，要我們別在王爺公前爭執，有什麼話就好好說別動怒。

「還不是這個牧師……。」

「這樣吧，企業都能交給專業經理人管理了，宮廟應該也行，到時找個人接管，我只做名義上的宮主。」

「這兩種怎麼可以放在一起討論，而且請專業經理人要錢，池巡府的香火差強人意，連一間廟都快保不住。」

「沒錢有沒錢的作法，專業經理人也有分等級，總之這些等事情有一撇了再討論後續。」

我正要說話反駁，時間到，崇智表哥不給我們反悔機會，收走登記簿，宣布宮主徵選正式開始，亦輝拿著手機開啟直播功能，鏡頭對準現場，這下誰也賴不掉。

眾人圍過來，按名字順序叫名。

第一位是大洋，瞧他的模樣就知道是第一次參加，甚至連擲爐主的經驗都沒有。他說自己是頭次擲筊，問清楚規矩後，虔誠地將紅筊放在掌心上，小聲默念，擲出，一正一反，聖杯，聖杯，再聖杯，總共三次，第四次是笑杯，兩個反面。

崇智表哥在名字下方寫上三，跟著喊下一位。

接連兩位都是麻豆在地人，多年在池王府服務的委員，昨夜跟我爸喝酒時聽聞此事，決定報名參加，不過很可惜，一個笑杯，一個怒杯，王爺公都沒點頭。

下一位是王哥，其他人都是站著擲，輪到他時持筊跪下，口中再三拜託王爺公給機會，一杯，兩杯，三杯，已經平大洋紀錄，想不到更多，最後總計七杯才停。

後面是從社群平台看到消息來參加的，連續好幾個都只有一杯，其中一位從彰化趕來，家裡也在經營宮廟，主神是媽祖，想歡迎王爺公作客，也已經問過主神同意，說的是勢在必得，不過擲筊時照樣只有兩杯，比其他人好一點點而已。

跟著輪到馬面，他今天穿著花襯衫和西裝褲，頭戴頂草帽，模樣不像是來參香，比較像是路過此地的觀光客。崇智表哥要他把帽子脫了還不甘不願，說會破壞他的整體造型。亦輝躲在旁邊偷笑，提醒他現場正在直播，這個畫面已讓很多人看見。

馬面很大聲地告訴王爺公，希望能接下宮主這個工作，保佑他工作賺大錢，只要有賺錢就幫神明蓋新廟。且不說這種願不能隨便許，就說神明保佑人賺錢也會看心術正不正，像我爸整天玩六合彩，不只沒賺還慘賠，已經是血淋淋的案例擺在眼前。

筊一落地，彈起來，左右飛得老遠，還得跑去撿回來，沒意外的怒杯。馬面嫌是地面不平整，要求再一次，雞胗叔勸自己的姪子沒過就算了，可他偏不，說一定是神明老了沒聽清楚。

他不讓位，後面也無法進行，除了雞胗叔，崇智表哥也變臉色，廟方人員都勸他別胡鬧，趕緊下來。

「不然，就讓他自己問神明願不願意再給他一次機會。」後來是廟裡的主委說話，大家看在他的面子上才同意。

只是不論怎麼擲，王爺公都沒點頭，彷彿在說你已經玩完了下一位，連續十幾個怒杯，馬面也騎虎難下，看他的樣子，找不到臺階下，面子沒處擺才是他最在意的。

主委看這樣下去不是辦法，由他當公證人，詢問王爺公是不是該輪到下一位，立刻聖杯。神明這樣說話，馬面也無話好說，悻悻然地把筊還到桌上，說一定是今天太歲相沖，轉頭，手插進褲子口袋就走。

雞胗叔看自己帶來的人這副德性，大概也不好意思，幫他說聲道歉，要大家繼續別停。

結束鬧劇，下面輪到我哥，最近幾次見面都只是把小平帶上車，沒機會好好聊天。現在盯著他臉看，發覺他臉上沒笑容，表情也很僵硬，亦輝小聲湊過來問我是不是有去做肉毒桿菌，我回答不知道，可是看他明明想笑，肌肉卻聞風不動，八成就是。

蕭英宏自從跟著我媽離開，從沒踏進過池巡府半步，但小時候還是在王爺公的眼皮子下長大。爸媽吵架時，他拉著我把神桌底下當成帳篷躲在裡面，直到聽不見講話聲才鑽出去。

雖是這麼久以前的事，到現在還記憶猶新，我哥心裡究竟對王爺公有何想法不得而知，只希望這不會又是我媽的意思。

我哥持著雙筊在手，閉上眼睛，嘴微動，不過沒發出聲音，筊擲出去一個聖杯，撿回來應該繼續，他卻自己喊停。說擲一杯就夠，且王爺公已經應允他的心願。

「英宏，人家跋宮主袂使按呢。」我媽在旁邊要他別耽誤時間，繼續丟。

「我對宮主沒興趣，只是有事想問王爺公而已。」

我爸在旁邊也看得跳腳，他原本安排暗樁是要增加勝出機率，不是要我哥來搗蛋，他們這對離婚夫妻難得也有站在同陣線的時候，一人一句要他別鬧脾氣。

「我都四十幾歲了，會自己做主下決定，我剛才問王爺公能不能跟前妻復合，祂說可以，而且我說的很清楚，可以就給我一個聖杯，神明也同意了。」

「復合的事我怎麼沒聽你說？」我媽問。

「說了妳還是會反對，我才沒說。」我哥講完話，從我身邊走過，拍拍肩膀說：「都是你這個做弟弟的當壞榜樣，我這個做哥的才會學壞。」

「有這樣說的嗎？」

我笑著叫他別跑遠，回頭看見我媽臉色難看，大概把所有事情都怪在我頭上，她要這樣想便這樣想吧。

我哥棄權，下一個輪到我媽，別看她對我們父子三人這麼感冒，據我哥說，池巡府的香火袋一直供在神桌上，定期都有拿回來過金爐保持靈驗。詹金珠討厭我爸喝酒狐群狗黨，但對王爺公比什麼人都虔誠。一杯、兩杯、三杯，數到八的時候，我爸臉色都變了，刷新最高紀錄，她拿著筊停頓片刻才擲出，笑杯，結束這回合。不過光是這樣，已經為後面增添難度，要是沒人比她高的話，待開基池王同意，池巡府的新任宮主就是她。

下一個輪到亦輝，他一個基督徒跟人家湊熱鬧，把直播的工作交給我，走到爐前，對著王爺公誠心禱告，最後還做出阿門的動作。

亦輝是基督徒的事，現場只有幾個人知道，其他人都是看到他做的動作才曉得，開始有聲音冒出來這不合規矩。

崇智表哥看我爸，蕭明基聳肩，我猜他事到如今，應該是覺得這樣也好，沒了我哥，多出亦輝，對他而言都是同方陣線。

「各位，先聽我講！王爺公會有定奪，頭先嘛有法國人跋到臺北青山宮青山王的爐主，只要神明感覺有緣，誰都會當參加。亦輝，開始吧。」崇智表哥出來做仲裁，大家才沒意見，反正筊下見真章，一切全是天意。

亦輝擲出紅筊，聖杯，再擲也是聖杯，連續好幾次，都是聖杯。他動作不快，拿回來，一定先放在胸前，誠心禱告後再丟。七個聖杯，再一個就平我媽的紀錄，我心中暗自禱告，拜託王爺公幫忙。

聖杯！

畫面晃了一下，大概是把我鬆口氣的聲音也錄進去。不過紀錄就停在八，目前的最高紀錄。

「你鬆口氣了吧。」亦輝走到我身邊偷問。

「才沒有。」

「騙人，我覺得你一定跟王爺公說八就好，只要別讓你媽獨占鰲頭就行！」

想不到，亦輝的神準第六感這種時候也正常發揮。

輪到我，本次南巡的苦主，我爸要我加油，別丟蕭家的臉，旁邊的崇智表哥也讓我千萬要投出比八更高的數字，一個個眼睛都盯在我身上，說沒有壓力完全是騙人的。

我手持筊杯，要擲以前原本想跟王爺公說幾句話，可是怎樣也說不出已經下定決心的這種話，決定一切交給天意決定，若神明真打算我來接，我就接吧。

擲出去，笑杯，不光是神明想笑，我也想哈哈大笑，我爸和崇智表哥一個軟腳，一個差點連登記簿上圈個零都很為難，他們眾所期待的接班人選，王爺公連一杯都不給。

可眾目睽睽，事實擺在眼前，最後一位是阿聰，他今早六點就出門開始送粿，開車路途遙遠，邊看時間邊趕路，差點連紅燈都闖，幸好路上沒人也沒車，沒出什麼交通意外。上場前，還用褲邊擦掉手汗。

一杯兩杯三杯，阿聰丟筊杯的速度之快，看得出很常問事，最後也是八杯，第九次時一反立現，可另一筊卻翻好幾個跟斗，最後也是反面，笑杯結尾，彷彿是王爺公在說弟子不急後面看看。

最後三名候選人出爐，由他們進入下一回合，交給開基池王決定誰是接班人。

輪到開基池王，詹金珠、亦輝還有阿聰三人輪流擲筊，擲到一方勝出為止，方可結束。

我媽巾幗不讓鬚眉，她做什麼事都必勝，擺地攤擺到有店面，有了店面又開好幾家分店，從原本賣的地攤貨，轉型成專給高級貴婦的精品店，該投資該花的錢絕不手軟。為了業績，還會直接挖角業務，現在公司交給經理人管理，可她仍在背後出謀劃策，當初答應我哥娶韓國籍大嫂，也是想從韓國直接進貨，不料最後婆媳相處困難而破局。

不管我們兩兄弟聽不聽她的，也不管我爸有沒有出息，詹金珠總有自己想做的事，如同現在爭宮主，定是抱著非她莫屬的心態來爭。

我沒想到自己竟然連一杯都沒有，看來王爺公是澈底把我當工具人，這趟就是轎夫，現在只能圍在場邊加油。

他們三個人一字排開，中間隔著距離，每一位都有一個見證人，時間快十點，來參香的香客陸續進廟，見到正殿正在擲筊，圍過來湊熱鬧，把地方擠得水洩不通。

確認都準備好後，崇智表哥喊開始，三人同時動作。

此起彼落的擲筊聲，我媽動作像是打水漂，亦輝一樣禱告後丟出去，阿聰動作很快，加上他是跪著，總是第一個人知道結果。

三個聖杯，繼續。三個聖杯，繼續，同時擲到第九次，現場已經沒聲音，連頭上原本嘰喳在叫的雀鳥也噤聲。第十次，阿聰擲到笑杯，其他兩人都是聖杯，只能含淚出局。

剩下亦輝和我媽，兩個人都是有目標就要達成的個性，眼睛不看對方，動作卻同時同步，手勢也幾乎一模一樣，下面連續好幾回合，同樣都是聖杯。

第十六次時，亦輝狀況驚險，兩個筊杯還在空中互撞，這才翻出一正一反的聖杯。

大家都屏息以待，等誰才是繼承的宮主，我緊張到拚命求王爺公還有太子爺，甚至連聖經經文都背出來，根本到了狗急跳牆的程度。

「你們禱告，無論求甚麼，只要信，就必得著。」

亦輝聽見我的禱告聲，分心向我看過來，神情像是在說你竟然記住了，我讓他專心，哪時候第六感不靈沒關係，只要這時候能跟王爺公接上線就好。

崇智表哥喊繼續，兩人擲出去，隨著喘息聲，看不出來，擲個筊，全身的肌肉都會用上，完全不是省力的事，而且越擲越心急，我自己除非真的有事，不然從不求籤或擲筊問事，還沒問出結果，怕早就心臟病發。

又過兩輪，第二十次了，亦輝丟出去，筊杯同時落地，眼看著是一正一反的聖杯，竟然又反彈，這一彈，落下的角度不同，正面成了反，反面依然是反，是笑杯。

我心涼了半截，看過去，我媽的結果也出爐，結果同樣是笑杯，兩人不分上下。這下可傷腦筋，開基池王決定的結果是平手，可宮廟不可能兩個人共同主持，總是要決定勝負。只好由我爸這位現任宮主出面，詢問神明是否再比一次。

得到的都是怒杯，問祂是不是就這樣平手，反而得到聖杯。可這麼一來，宮主的人選沒決定，王爺公出門前交代的事情沒辦完，玉皇大帝若只論結果不論過程，玉旨怕要收回，宮廟從有牌的變成私宮，地位差一截。

我家的王爺公好歹是從池王府正式分靈，怎麼可能平白無故降級，正當事情膠著之際，旁邊的雞胗叔有了起乩反應，我爸見狀立刻要大家往後面退，點燃線香，當場把他淨身，沒有龍虎兜，一切只能就便。

王爺公上身後，沒有走到前方放置金爐的桌頭，而是從虎邊的廂樓走出去，繞到後邊，眾人跟在身後，停在正殿與觀音殿中間的鯉魚池，小平蹲在那裡看魚。

我忙著直播盯現場，都把他忘了，王爺公嘴裡喃喃有詞，小平看見這麼多人盯著自己，緊張到全身發抖。

我邊說抱歉邊擠到前面，還沒走到，王爺公已經牽起他的手，往前走，繞一圈，又回到正殿。

小平站在王爺公旁邊，我爸當桌頭，臨時沒有朱砂筆，改在桌上撒香灰粉，神明以手代筆傳達意思。先是兒言莫怪，可要怪他什麼卻沒說，接著又寫下玩心大起四個字，第三句是時候到了，最後是弟子大吉，退駕後眾人面面相覷，崇智表哥拖著雞胗叔的身體，把他抱到一邊的板凳靠著牆休息，邊留意這邊的情況。

意思我雖然不懂，但既然有兒言莫怪四字，小平一定知道原因。他支支吾吾，放聲大哭，在金唐殿時也是這樣，這次絕不能輕易放過，亦輝要我有話好好說，別逼一個小孩太緊，問題是眾人都在等說法，兒子不急老爸急，這樣勞師動眾，可不能沒一個結果。

亦輝蹲下來安慰小平沒事，還說如果有什麼話不方便說出來就寫下來。

哭完後，他乖乖照做，本來寫字就歪七扭八，現在更像鬼畫符。亦輝站在旁邊，看完以後，吸了幾口氣，確定我真的要看，我把紙搶過來，我看完再給蕭明基，雖然想用面無表情形容，可我比較接近毫無血色，一把抓住他，問他還有何話好說！

謎底揭曉，哪裡有什麼玉皇大帝收回玉旨，從頭到尾也沒有找宮主接班的事，都是小平出的餿主意，我爸都幾歲人了，竟然幫著他撒下這瞞天大謊。

「那王爺公降駕指示？」

「那個啊，雞胗說請他喝兩攤酒就幫我一次。」

蕭明基這時候講話還是氣定神閒，看他這個樣子我的一肚子火真是升到胸膛，已然快煞不住車。

雞胗叔人已清醒，知道事情瞞不過去，走過來幫忙緩頰：「雖然你爸謊稱王爺公的意思，可後來降駕指示要進香還有決定路線是真的，你和亦輝也看見神明浮在眼前，這是大夥一起促成的結果。沒有今天這個局，大家四分五裂的，池巡府很久都沒有喜事熱鬧，王爺公也都五年沒有回祖廟，祂是想家了！」

所以，玩心大起的不止小平、我爸和雞胗叔，還有坐在桌上的王爺公，他們三人一神促成這個局，而我大張旗鼓，找這麼多人來，甚至開直播，真的很想找個洞鑽進去。

「好矣，多謝逐家，王爺公保庇，祝大家平安順遂。」

廟方主委開口，幫我們解這個局，雖然是場騙局，不過我看大家臉上並無不悅，王哥說平安就好，大洋也是講志在參加且機會難得，要說真的不高興只有我媽，還有我，可是看到小平那個可憐兮兮的表情，又叫一聲爸比，哎，我心都軟了。

但不行，這次我得給他個教訓，不然小平還真以為能這樣做，萬一以後撒更大的謊，那可怎辦！

總之神不管，我管！

十九

是時候

「爸比。」

「不許動。」

為了這場鬧劇，拖到現在還沒走，剛才現場忍住沒有發脾氣，事後還是得給小平點顏色瞧瞧，罰他在太陽底下立正，不過五分鐘而已，他也忍不住。

亦輝識相地不插手我們父子事，回到車上等待，王爺公已經坐好坐穩，在崇智表哥還有劉叔叔幫忙下完成回駕的工作。我爸大概是心中有愧，配合孫子鬧出這麼大的場面，竟捐出五千塊當香油錢，連雞胗叔都說他難得大方。

大洋、王哥還有阿聰後面還有事，已經先離開，我想著等有空時再給他們發個訊息，感謝他們共襄盛舉這場假的「徵招宮主」大典，若沒有他們參與的話，場面也怪冷清，王爺公也臉上無光。

神明我是無法責備，我爸前科累累我也習慣了，可是小平這一說謊就勞師動眾，我要是不現在好好管教，以後還不知道會鬧出什麼大事。

「小平，轉過來。」他轉過來，臉上掛著鼻涕，我看了差點笑出來，拿出面紙抹掉：「站好，誰說你可以亂動！」

「爸比，對不起。」

「我們好好溝通，爸比除了聽你說對不起，更想知道為何說謊。」

小平抿著嘴，看看我，再看看地上，腦袋瓜仁不知道想什麼。

「聽好，爸比要知道你為什麼這麼做，不是要處罰你，而是我們不是說好有話要直接說嗎？就算希望我帶你出來玩，但說謊就是不對！」

「你不是說有時候說謊是非不得已……。」他小聲頂嘴，似乎很不滿：「而且我有說啊。」

「你什麼時候說的？」

「有啊，我之前就說過了！我說……我想跟爸比出去玩，上次亦輝叔叔陪我做暑假作業，我也有說希望你陪我。結果你整天工作賺錢根本沒空，好不容易有空，走到巷口就說累了！」

他邊說邊跺腳，倒像是我不對了。不過他這麼一說，確實大部分的時間我都在市場擺攤不然就忙著完成翻譯工作。小時候苦慣了，不論如何都想給小平一個穩定完整的家，不要像我一樣，加上有亦輝在，不自覺地就疏忽了……

「那你也不用撒這麼大的謊，你看這麼多人都被你騙過來，劉爺爺還叫來陣頭，這些都要花錢耶！」

「對不起嘛……。」小平聽出我的口氣放軟，姿態也跟著改變，難怪人家說小孩是天生戲精：「爸比說進香很好玩，後來我問阿公，他說你最聽王爺公的話，而且一定不會生氣，他說你是最好的爸爸了。」

「少灌迷湯，這一點用也沒有。」

雖說如此，但小平從出生懂事以後，別人的床邊故事是繪本或兒童故事，而我說的都是小時候進香到處玩到處看的兒時回憶，原來他一直記著，更沒想到這件事對他這麼重要。

「爸比問你，真的知道自己錯嗎？」

「知道。」

「知道什麼說來聽聽。」

小平停頓片刻，手放在耳朵旁邊，好像有誰在跟他講話似的，還一邊點頭說知道：「太子爺說我以後不能騙人，要做個乖小孩，不然爸比不處罰我，他也會罰我跪彈珠。」

「爸比要聽你親口說，不是什麼太子爺。」

「是，我知道錯了！」

小平故意模仿我平常跟亦輝說不起雙手放在胸口的模樣，害我不小心笑出來：「真是敗給你了！」

「阿公說他沒錢，不能辦進香團，你直接帶王爺公出門最快。可是，沒想到會出來這麼久，好高興喔！」

「臭小鬼，你當然高興，爸比我扛著王爺公進進出出，你坐享其成！」

小平以為自己會挨打，沒想到我是把他拉到身邊，跟他說以後別再這麼做。

「爸比還氣嗎？」

「不氣了。雖然還是有點生氣，我沒功勞也有苦勞，王爺公竟然連一杯允杯都不給我。」

「好遜！」

「你說誰遜？」

小平笑著跑開，他是個聰明的小孩，知道我能說能笑，已經原諒他了，跑回我爸身邊，祖孫倆開心地站在原地繞圈圈，我看還是別讓他們倆走太近，省得學壞。

來擲筊的只剩我媽和我哥還沒走，他們站在旁邊，好像有話想說。

「你們怎麼還沒走？」

「把我們這一路騙下來，這樣就想交代過去啊！」我哥勒著我脖子，都長大了，他還像小時候欺負我一樣，總是用同一招也沒進步。

「要怪就怪你這個小侄子，連我都敢騙！」

我們兄弟倆講完話，剩下我媽，她帶著太陽眼鏡也看不出現在眼睛看哪，可是從臉上表情能知道心情不好。

我讓小平湊過去，只有他能對付詹金珠，在親情軟化下，她才勉強露出微笑，囑咐他下次不能再說謊。

反正只要能哄得長輩開心，小平什麼事都肯做，至於背後會怎麼說他們，我這個做爸比的就不敢保證。

「偉誠。」

「嗯？」我等著我媽開口，這算是我們相隔多年，頭一回當面說話。

「有空吃個飯，順便——」我媽的話沒講完，她看向神愛世人的福音車後一人走開。

「順便什麼她也沒說完。」

「順便把你的另一半帶來。」我哥幫她補充完畢，隨後跟上。

我回頭看我爸，蕭明基聳個肩，不置可否，說詹金珠是詹金珠，他是他，推說時間很晚了，要我們趕快啟程出發。

「謝了，老爸！」長這麼大，每次見面都是發他牢騷，第一次這樣跟他道謝，他意外，我也覺得難為情。

「我攏為著我的金孫，為著伊我啥物嘛甘願。」

我突然很想問他為什麼，但蕭明基才不是那種會坦白的人，我只能自作多情地想或許是想補償我吧。記得他某次喝得大醉，以為我不在家，在神明廳對王爺公講話，邊講還會邊要祂大聲點，最後不知這一人一神怎麼溝通的，竟然可以讓他講出我對不起偉誠。就算不是當面，偷聽也覺得很爽！

反正我自己這麼覺得就好，是不是已經不重要。

「你們呢？一起去新港嗎？」

「我們幾个老歲仔當然是來轉，租車愛錢，閣有陣頭出來的費用，去共恁劉叔仔說多謝！」

劉叔叔已經將陣頭、鼓陣還有神將全都收上大卡車，前個晚上喝得太醉，今早根本起不了床，還是等到崇智表哥結束後去找人，才將他從床上挖起來。

「劉叔叔。」

「偉誠，都處理好了？」

「好了，抱歉讓你們還走這趟！」

「沒關係，我也好幾年沒來池王府。而且，多虧王爺公幫忙，我和你爸才能把心結解開。」

「我爸拜託你了，我們還得去新港，雖然沒找到宮主，進香還是要完成。」

「去吧，其他事情交給我。」

崇智表哥在上頭揮手，要我們先上路，免得耽擱時辰。

回到車上，亦輝已經發好車，問我都打點好沒。我謝謝他，他不只貢獻這輛車，當我們父子的情感黏著劑，還參與擲筊大賽，成為我方的種子選手，雖然最後每個人都落選。

「出發吧。」

「好。」

廟方人員在我們車子開出去時，鳴起響炮，小平聰明地放下遊戲機，高興地擦玻璃，亦輝也降下車窗，對著他們揮手。

我從後照鏡看到我爸、我哥還有我媽以及南下幫忙的叔叔伯伯，向他們比個ＹＡ，王爺進香團還沒結束，南巡的最後一站是新港奉天宮，做事還是得有始有終。

我被早上這場騙局折騰得死去活來，頭剛靠上椅墊就一陣睡意襲來，連自己怎麼睡著都沒印象。要不是亦輝和小平兩人吵鬧，我應該會睡到新港才醒。

兩人就像脫韁的野馬，一口氣點了十幾首流行樂，王傑、張雨生還有齊秦，每首都是亦輝想唱，司機邊唱邊開，唱到懸崖時，為了飆高音一隻手已經舉在空中帶動作，醒來見到這一幕，真是捏把冷汗。

把麥克風搶過來，交代司機給我眼睛看前、雙手緊握方向盤，順帶要後頭的小平坐好，把腳放下，看著像觀音自由坐姿，可再仔細瞧，分明是我爸平常一腳擱在沙發上、頭枕著膝蓋的邋遢坐姿，果真有樣學樣。

「以後在家不准坐成那副模樣，知道嗎？」

「喔，爸比又在生氣了。」

「什麼又，明明是你故意惹爸比生氣，不信你問爸爸。」

亦輝聳肩，不加入我們父子的鬥嘴，這時他倒置身事外，只想當好人，不敢扮黑臉：「下一首是張雨生的〈口是心非〉，換爸比唱好不好？」

「好！」

「轉移話題，都被你寵壞。」

我從後照鏡看小平，小腿又偷偷往上縮，被我瞪了一眼趕緊放回去，討好地說爸比唱、爸比唱。我是奈何不了他才勉為其難地接下麥克風，誰知道第一個字音剛出來，中氣便上不來，鬧出一個大走音的玩笑。

為了雪恥，我不顧他們揶揄，按下重來，這回順很多，畢竟降了兩個半 key，張雨生天高的音階，若不是專業歌手，還是別自討沒趣。

「於是愛恨交錯人消瘦，怕是怕這些苦沒來由，於是悲歡離歡人靜默，等一等這些傷會自由。會自由喔喔喔喔喔喔──」

曲調雖高，可是完唱這種高挑戰的歌曲還是發自內心的爽，管他早上在池王府鬧出多荒唐的烏龍，這會都該引吭高歌。

亦輝拉下車窗，歌聲音樂聲沿路散播，途經菜市場，賣小吃的還有擺攤賣菜的莊稼人，驚訝抬頭看我們在幹麼，還好是一閃而過，否則被人錄影上傳那才丟臉。

「爸爸，你的手機響了。」

「幫我接。」下首歌是劉德華的〈忘情水〉，亦輝的招牌曲，他當然捨不得讓曲。

「你接電話，我幫你唱。」

「不必、不必！」

我和他搶著唱歌時，小平按下撥通鍵，跟另一頭的人有說有笑，看樣子應該是認識的人，我叫他告訴對方晚點打來，電話卻遲遲沒有掛掉。

「小平，誰啊？」我問。

「爸爸的爸爸。」

我腦筋還在轉，亦輝已經反應過來，趕緊路邊停車，從小平手中把手機接過來，結果是視訊電話，剛才的一切都被老陳牧師親眼目睹，尤其是接過來的那手旋轉鏡頭，不只帶到神轎、王爺公，還有車子改裝卡拉ＯＫ機的模樣，瞞了整趟旅程的祕密，一下就被現代數位科技曝光。

「爸。」亦輝臉上保持鎮定，一隻手握著我，他顧著說我，自己在老陳牧師面前也仍是小孩子。

「車子，再讓我看一眼。」手機按擴音模式，連我都能聽出牧師正在忍耐，只差一個刺激反應就會火山爆發。

亦輝乖乖照辦，車裡面的情形一覽無遺，不知道事情大條的小平還對著鏡頭比ＹＡ，大概看他還是小孩子，老陳牧師臉色發青的回比一個讚，只有我和他兒子冷汗直流，知道這下麻煩了。

「爸，你聽我……。」

「你別講，換蕭偉誠接。」

我慌張地搖頭拒絕，但對方指定坐檯，沒辦法說不。果不其然，老陳牧師見到我就沒好話，開始從頭數落，一說我誘拐亦輝使他違抗天父的意願，二說我把他當成木偶操控竟然連幫忙進香的活都敢理，三說我把福音車改成王爺公的進香車，最後一條罪名，竟然裝了一台卡拉ＯＫ機，破壞它原本的神聖清淨。

「你是要我兒子跟你一起去信道教，好門當戶對嗎？」

「我沒有，亦輝信他的基督教，我信我的道教，相安無事啊！而且王爺公和基督應該地位平等，也算門當戶對？」

「基督最大！」

「是是。」儘管我心裡嘀咕著基督再怎麼大牌，也大不過老陳牧師，可真心話最好還是閉嘴的好。

「你還讓他騙我？」

「沒有，這也不是欺騙，頂多就是……話沒說得很明白，我們是與神同行，一起旅行，行走江湖，天下為公。」說到這邊我已經胡言亂語，只求他消氣。

「還天下為公，你以為神愛世人就能這樣亂搞？」

亦輝怕我搞不定他爸，想把手機拿回去，我揮手說不用。他是最後的王牌，要是連兒子都安撫不了父親，我們就真的沒指望，當然不能立刻梭哈。

「什麼時候回來？」

「今天晚上就到臺北。」

「你要他明天一早就來聚會所，還有車子給我恢復，不准留任何東西。澈澈底底地都要給我清乾淨，我連一點線香的味道都不要有。」

「是是是，知道了，我一定照辦。」

「我是要他做，不是你。」

「好，他做，那我把電話給他。」

「不用，我氣到不想看到他，你手機畫面轉到那台機器，什麼東西，真是胡來，怎麼可以亂動福音車。」

老陳牧師一念下去，跟亦輝一樣都不知道停，而我這個代罪羔羊只能受著點。

「我一定把它拆掉，不會留下任何痕跡。」

「嗯。」

「那……先這樣？」

「哪樣？我講一下就嫌煩？」

「不是，但我們得繼續開車，才來得及回到臺北。」

「那台機子先留著。」

「哪台？」

「卡拉ＯＫ機。」

「可你不是？」

「裡面有沒有臺語歌？」

「有。」
「有江蕙嗎？」
「有，詹雅雯、黃乙玲、蔡秋鳳、羅時豐，你能想到的臺語歌手都有。」
「許富凱呢？」
「許富凱？我看看。」我搶走小平手上的歌本，注音ㄒ的那一排，還好有幾首許富凱的歌：「有，也有。」
「那先留著。」
「不用拆？」
「不用。」老陳牧師看著我，許久沒有作聲，隔著螢幕傳出小小聲的碎念：「認識這麼久，終於知道要孝敬老丈人，這個勉勉強強我就算了。」
「什麼？」
我看著亦輝，亦輝同樣看著我，我們要他再說一次，他才不肯，拿出聖經要我們跟著他一起禱告。
「人接待你們，就是接待我；接待我，就是接待那差我來的。阿門。」
「阿門。」
我們三人異口同聲，老陳牧師也不解釋就掛電話，我逼問亦輝這到底什麼意思，他笑著不回答，右手將手煞車從P檔推到D檔，嘴裡吹著口哨，邊踩油門邊說：「停了這麼久的P檔，好險不是N檔結束。」
而我還在查手機，看那句經文到底什麼意思。
不久後，小平睡著了，看他的樣子一點都沒有意識到剛才的事有多嚴重，關係到他爸比的終身大事。

他睡著後，我趁著車子紅燈停下，跟亦輝來個深情之吻，如果說這趟路哪件事最值得，大概是我們雙方家長都鬆口婚事可行了。

「你爸平白無故要我跟他一起禱告，話也不講清楚，這樣也能當牧師。」

「查一下就能知道的事，你就別抱怨。好歹他願意像接受先知般的接受你，總是好的開始。」

「說的也是，雙方家長一個棄權一個點頭同意，那我們呢？」我喜孜孜地問他。

「什麼我們？」

「婚禮啊，你想辦成什麼樣？真的要自己證婚，還是找你爸？」

「你別高興過頭，得意忘形。別忘了，你依然是專業經理人。」

「我？我！你講的專業經理人，原來是我？」

「要專業你有專業，要講成本，聘用你的成本最低，不然呢？」

早上要擲筊前，亦輝講了一樣的話，我還想說哪裡有錢，原來啊，羊毛出在羊身上，不論是我還是他得到最多聖杯，最後都是本山人得收拾殘局，我就是那個專業經理人，免費長工，終身服務制，幫王爺公繼續做牛做馬。

「你算計我？」

「不是我，是王爺公配合小平算計你。」

「算你們狠。」我對著身後的王爺公挑釁，可也就只敢說這種嘔氣話。

照實講，我心裡說沒失望是假的，不過也鬆口大氣，至少短時間王爺公不會離開，自小拜到大的神明，想到祂可能跟著別人走，還真有點捨不得。可一想到祂竟然連個聖杯都不給，不知該說祂靈驗知道我沒下定決心，還是該說連點面子都不給，真想把祂往窗外一丟自己回去算了！

「想什麼？」

「沒有啊。」

「一定在想著做壞事，每次你打歪主意，就會露出傻笑的表情。」

我趕緊捂著臉，不打自招，偷偷從後照鏡看王爺公，覺得祂定知道我剛才想什麼，氣得牙癢癢吧。

「不過你爸真的要留下這台卡拉ＯＫ機嗎？」

「他不是已經指定。」

「我還不知他喜歡唱歌。」

「那是你沒有花心思去瞭解他，唱歌、跳舞還有爬山是他的興趣。現在椎間盤突出，連走路都腳痛發麻，三扣二，只剩下一項嗜好。」

我心中湧出愧疚，不像他一直努力親近我爸，還冒著被討厭的風險，都非說出真心話不可。我對老陳牧師保持著敬畏的距離，連他喜歡吃什麼都不知道。

「回去以後，你爸喜歡什麼討厭什麼，通通都告訴我。」

「好啊！」

原本五十分鐘的車程，因為愛玩加上老陳牧師一通電話耽擱，抵達新港已經快中午。

奉天宮，這間俗稱船仔媽的媽祖廟，又有開臺媽祖的稱呼，倒不是因建廟最早，而是古地名為笨港的這一帶為全臺最早發展的區域，小平問我這跟拜訪過的笨港口港口宮哪個早哪個晚，為何是新港叫開臺媽祖。我被他問得一個頭兩個大，總之每間廟都有講不完的故事，要是想爭誰才是第一，恐怕也爭不完。

如同新港奉天宮宣稱有開臺媽祖的神像，可又有學者專家質疑該廟遭過大水沖垮，神像早已不知淪落何方。我倒是認為神明靈驗就好，至於那些稱號，恐怕人還比祂們更在意。

新港奉天宮歷經三次大地震，每回都能重建後再站起來，除了媽祖靈驗，也是當地人信仰堅定，才能一再翻新。

每年的大甲媽祖遶境，奉天宮都是去程的終點站，今年十二日已經返駕，我們來的這天雖說沒趕上媽祖熱鬧，可是禮拜六，人潮還是不少，好在王爺公出發前已經指示這裡不下轎，找個地方停車下去參拜即可。

除了拜媽祖婆，我爸特別交代要換虎爺的錢水回去，奉天宮拜的是全臺有名的青眼金虎爺，還有專屬的虎爺殿。據廟方留下的口述資料，雖說有二，但都跟嘉慶君有關。一說是嘉慶遊臺灣遇到邪魔侵擾，虎爺公現身保護，後發現是肇慶堂土地公廟的虎爺公，賜予祂頭戴金花，又以武狀元稱呼。

另一種說法，一樣是肇慶堂土地公廟，嘉慶年間笨港作大水，媽祖失去廟地，只能暫住土地公廟，後來日治時代土地公廟被徵收，媽祖婆為了還當年恩情，主動讓出大邊。

不論哪種說法，虎爺公的靈驗都是真的，傳說中朝天虎張口向天咬財寶，能保佑商業繁榮，全臺有不少金虎爺都從這裡分靈出去。

池巡府供奉的虎爺公雖不是從這裡分靈，可小平這趟出門心心念念，不送他來這裡拍照打卡，怕回去以後跟我沒完。

現場香客太多，我交代小平別亂跑，不過哪裡管得住這個腳上裝著風火輪的八歲小孩，亦輝說讓他去，約定一個小時後在大殿集合，他拿著小相機往虎爺殿的方向移動，我陪著亦輝到處看，廟裡的裝飾雕像多到一個小時也看不完，不愧是當初以天后宮為概念發想設計的廟宇，四處都是細節。

亦輝走走看看，說自己累了，這幾天下來，廟看得越多就越沒有頭一次的新鮮感。我嘲笑他這叫審美飽和，所以凡事還是適可而止的好。

「這趟下來，你最喜歡哪裡？」我問他。

「嗯……在臺西安西府遇到王哥，還有在南鯤鯓代天府我被抓生乩，雖然事後一點印象也沒有，回去你再跟我介紹哪一尊是范王，說不定我會認他當乾爹。」

「你認真？」

「開玩笑的，現在專心為主服務。不過啊，以前自己去行天宮，看那些人拚了命往地上擲筊，問不到答案不罷休，我都想不透這樣做有何意義。這回參與其中，那個感覺真是腎上腺素大量分泌，心臟不好還承受不住。那你呢？」

「鎮瀾宮時弄丟小平，我真的有捏把冷汗，想說怎麼辦才好，結果他老神在在跟長輩打唬爛，我覺得自己像白癡。去到虎尾德興宮，王爺公在軟轎上起駕，現在想起來都有點腿軟。沒想到的是，我們兩人一起扛軟轎，還真的扛了九天，沒有半途而廢或是打道回府。」

「我相信你不會半途而廢。」

「這麼有信心？」

「你不是做事做一半的人，光看平常照顧小平起居，我就相信你。我猜，王爺公也知道你不是那種人，縱使最後知道這是個騙局，你也不會說不幹就不幹。」

「說到這個，我覺得好氣又好笑。」

「但你最後只會記得好笑的事。」

「那是當然！而且要比氣的話，馬面會更氣，他那個擲不到杯死不走的哭喪臉，我看幾次都會笑出來！還有啊，你跟小平兩個人狼狽為奸，放我一個人在代天府外面晒太陽，這個仇我必報！」

亦輝虧我又耍小孩子脾氣，其實我現在最想的就是回家，光想到這幾天被神明看得死死，壞事都不敢做，簡直都要憋壞了！

「你一定又在想有的沒的。」

「嘿嘿，回去你就知道了。」

小平拍完照後，問我們聊什麼聊到他一直叫我們都沒聽見，我問他這次南巡印象最深的記憶，他想了半天說：「爸比帶我們去上帝爺公的廟，還跟我們講故事，我最喜歡你跟我講故事了，而且我們三個人還拍照。」

對啊，我們在鷲嶺北極殿的一家三口合照，無論如何也不會忘記，還趁此機會把楊曉萍生活在國外的下落都交代清楚，果然擇日不如撞日，事情都是想出來嚇自己的。

「走吧。」我提議先吃個午餐，然後就一路開回臺北。

「嗯！」

小平牽起我們兩人的手，高興地說禮拜一上學要好好地跟同學炫耀一番，回去還要立刻將底片送洗，拿來當社會科作業。

我答好，雖然他講的那些虎爺倩影，多數都不會出現在照片裡面，過幾天老師又要寫聯絡簿，要我多關心小孩，提醒他不要講這些怪力亂神嚇同學。

回頭看向開臺媽祖，頭間是媽祖，最後一間也是媽祖，王爺公這樣安排，我們便照做，出門時只求一路平安，大吉大利，雖然一路順利，還是很想酸一下這算哪門子的尋找宮主，反而更像陪著家裡的「公子」漫遊。

不過，託這次尋人之旅，我跟爸媽的關係改變不少，他們就算沒有完全接受亦輝與我的關係，至少站在不反對的立場，而且小平也像是接受這段關係了！

只是最後兩句「時候到了，弟子大吉」，真的只是說這一趟平安順遂嗎？

我想起這所有事發生之前，問過王爺公何時跟亦輝結婚最適合，像這種終身大事，當然要請神明發表想法。結果祂沒點頭，說時候未到，到了祂會通知。那時，我冒著僥倖心態求婚，果然遭到拒絕。亦輝不久前在車上說站上D檔，王爺公指示時候到了，這樣說來，如果這趟路剩下一件任務，而且非做不可，不趁著現在一鼓作氣還不行！

「你們等我一下！」說完，我甩開兩人的手，留下他們原地錯愕。

「喂！你去哪裡？」

我用最快的速度跑回車上，見到王爺公就是雙手合十，請祂保佑我能成功，筊杯一下，果然聖杯立現。

我怎麼會現在才想明白，已經沒時間猶豫了！

我抱著王爺公跑回去，沿路喊借過。亦輝跟我對到眼，愣了一下便知道我想幹嘛，難得他也會有手足無措的時候。

這個時候，只差小平同意了。小鬼又是那種耳邊在聽人家講話的表情，似懂非懂，朝著我拍手叫好，一直要我跑快一點。

我看見王爺公的鬍鬚在風中飄蕩，我猜祂這時候是大笑，因為這個弟子終於開竅！

（完）

後記

臺南是我小時候記憶最深刻的城市，雖然我是個臺北囡仔，但我就像小說中的蕭偉誠，有記憶以來就跟著家人搭乘遊覽車進香，出入各大廟宇。

臺南市充滿歷史悠久的古廟，動不動就是開基全臺第一，加上我家信的神明屬於臺南五府王爺系統，理所當然也成了首選。

進香是種特別有臺灣味的民俗活動，從上車的那一刻就開始忙，大人忙著唱卡拉ＯＫ，小孩子吵鬧完就睡，睡醒吵著下交流道上廁所。中間不時有導遊合作的賣藥仔上車銷售不知從哪來的薄荷膏及海苔，香客高興的時候光顧一下，不爽的時候任憑他們叫破喉嚨也沒人理，是我從小就認知社會殘酷的修羅場。

全盛時期，我每個禮拜都在進香，家人還會分配每個人的守備位置，我跟玄天上帝，爸媽跟濟公，下禮拜再換別的宮廟，尤其是父親輪副爐主的那些年，人幾乎週末都不在家，他為了賣人情真的全臺灣四處跑。

隨著我上國中，家人考慮到學校課業繁重，不再讓我參與進香活動，但我還是能從他們閒聊的對話中知道這次情況如何，誰又喝醉了，誰在遊覽車的夾層擺上麻將桌大殺四方，以及誰的腳丫子很臭。

多年過去，我還是記得那位有狐臭的叔叔是在桃園上車，每次遠遠看見那間友宮出現在路邊，遊覽車準備停靠時，我就會急忙找尋他的身影，要是看到他而我前面的位子是空的，胃中正在消化的饅頭瞬間想要回到透明塑膠袋打包外帶。

進香除了唱歌兼陪神明旅遊，還能得到練習臺語的機會，雖然父親是福州人，但他一直嫌我的臺語很爛，欠栽培。他教了我這麼多年，我仍然學不會發出正確的「蚵仔」和「芋頭」，他們的音聽起來一模一樣，最後我都放棄了，反正賣菜的不可能以為我在講海鮮的牡蠣，跟路邊小販買現流的蚵仔，他總不會拿出一顆芋頭給我。

講了這麼多年的臺語，仍舊勾不上輪轉的邊，叫人不好意思承認高中時還得過臺語演講比賽的第二名。現在工作遇到需要跟民眾溝通，一開始明明講臺語，最後講不下去也只好夾雜國語，想必老人家聽也覺得很奇怪，為何突然變成雙聲道？

話題似乎扯遠了，說回到這部小說，雖然書裡面的廟宇我幾乎都去過，但都是好久以前的事，為了還原接近真實的場景，我去臺南的次數超過十根手指頭，最遠曾經騎車到北門區再沿途拜訪每家廟宇，有的跟記憶中不太一樣，有的周圍農田多出許多太陽能光電板，感覺得到土地的樣貌正在改變。

別忘記臺南很熱的，每次田調做完，我都帶著一身晒傷的皮膚回臺北，一邊看著身上的肌膚脫皮，一邊繼續敲打鍵盤，屢屢都有一種好痛不想寫了的厭惡感，但這卻是我寫得最開心的一部小說，甚至覺得這是一本遊記，很適合闔家按圖索驥，雖然沒寫到雲林馬鳴山，但若經過也請不要錯過五年千歲主題公園，誠心推薦，真心不騙！

這本書能夠順利出版，必須要感謝編輯對我的督促和嚴格，還有前輩吳敏顯老師給予我最溫暖的問候和勉勵，以及父母親對我的包容，每天下班沒有承歡膝下，而是關在房間中敲打鍵盤爬文字。當然還有眾神們，尤其是書中跟著小平一同起鬨的池府王爺。

感謝，揮手擦玻璃，希望跟各位還能相見再未來不久後。

鏡小說
061

開著福音車徵廟公

作　　者：浮果
責任編輯：王君宇、王梓耘
責任企劃：劉凱瑛
整合行銷：黃鐘獻
副總編輯：陳信宏、林毓瑜
總 編 輯：董成瑜
發 行 人：裴偉

裝幀設計：木木 Lin
內頁排版：宸遠彩藝

出　　版：鏡文學股份有限公司
114066 台北市內湖區堤頂大道一段 365 號 7 樓
電　　話：02-6633-3500
傳　　真：02-6633-3544
讀者服務信箱：MF.Publication@mirrorfiction.com

總 經 銷：大和書報圖書股份有限公司
248020 新北市新莊區五工五路 2 號
電　　話：02-8990-2588
傳　　真：02-2299-7900

印　　刷：漾格科技股份有限公司
出版日期：2022 年 10 月初版一刷
I S B N ：978-626-7054-92-5
定　　價：350 元

國家圖書館出版品預行編目(CIP)資料

開著福音車徵廟公/浮果著. -- 初版. -- 臺北市：
鏡文學股份有限公司, 2022.10
240 面；21X14.8 公分. -- (鏡小說；61)

ISBN：978-626-7054-92-5（平裝）
863.57　　111015466